炉边独语

萧红散文精选

萧红 著

泰山出版社·济南·

图书在版编目（CIP）数据

萧红散文精选 / 萧红著. -- 济南：泰山出版社，2023.11
（炉边独语）
ISBN 978-7-5519-0771-2

Ⅰ.①萧… Ⅱ.①萧… Ⅲ.①散文集－中国－现代 Ⅳ.①I266

中国国家版本馆CIP数据核字（2023）第095910号

LUBIAN DUYU　XIAOHONG SANWEN JINGXUAN
炉边独语：萧红散文精选

责任编辑　程　强
装帧设计　路渊源

出版发行　泰山出版社
　　　　　社　　址　济南市泺源大街2号　邮编　250014
　　　　　电　　话　综　合　部（0531）82023579　82022566
　　　　　　　　　　出版业务部（0531）82025510　82020455
　　　　　网　　址　www.tscbs.com
　　　　　电子信箱　tscbs@sohu.com
印　　刷　山东通达印刷有限公司
成品尺寸　150 mm×230 mm　16开
印　　张　14.25
字　　数　175千字
版　　次　2023年11月第1版
印　　次　2023年11月第1次印刷
标准书号　ISBN 978-7-5519-0771-2
定　　价　39.00元

凡 例

一、本书收录了作者的散文经典文章或片段节选,主要展现了作者的学术历程、情感操守,以及当时的时代风貌等。

二、将所选文章改为简体横排,以适应当代的阅读习惯。所选文章尽量依照原作,以保持文章的时代韵味,部分内容参照当下最新的整理成果进行了适当修改。

三、所选文章没有标题或者标题重复的,编辑时另行拟加或改拟。

四、对有些当时惯用的文字,如"的""地""得""作""做""哪""那""吧""罢""化钱""记帐"等,仍多遵照旧用。

目录

001　小黑狗

006　中秋节

009　夏夜

013　蹲在洋车上

019　镀金的学说

026　饿

031　祖父死了的时候

035　初冬

039　访问

046　家庭教师

052　广告员的梦想

058　欧罗巴旅馆

062　同命运的小鱼

067　春意挂上了树梢

- 070 册子
- 075 剧团
- 079 白面孔
- 082 拍卖家具
- 084 最后的一星期
- 088 一个南方的姑娘
- 091 雪天
- 094 他去追求职业
- 096 来客
- 098 提篮者
- 101 搬家
- 105 最末的一块木样
- 107 黑列巴和白盐
- 109 度日
- 111 飞雪
- 115 他的上唇挂霜了
- 119 当铺
- 122 借
- 125 买皮帽
- 128 新识
- 131 "牵牛房"
- 133 十元钞票
- 136 几个欢快的日子
- 141 患病

145 永远的憧憬和追求

147 失眠之夜

151 记鹿地夫妇

161 寄东北流亡者

164 孩子的讲演

171 索非亚的愁苦

179 三个无聊人

183 回忆鲁迅先生

小黑狗

像从前一样，大狗是睡在门前的木台上。望着这两只狗我幽默着。我自己知道又是想起我的小黑狗来了。

前两个月的一天早晨，我去倒脏水。在房后的角落处，房东的使女小钰蹲在那里。她的黄头发毛着，我记得清明的，她的衣扣还开着。我看见的是她的背面，所以我不能预测这是什么发生了！

我斟酌着我的声音，还不等我向她问，她的手已在颤抖，唔！她颤抖的小手上有个小狗在闭着眼睛，我问：

"那里来的？"

"你来看吧？"

她说着，我只看她毛蓬的头发摇了一下，手上又是一个小狗在闭着眼睛。

不仅一个两个，不能辨清是几个，简直是一小堆。我也和孩子一样，和小钰一样欢喜着跑进屋去，在床边拉他的手：

"平森……啊，……喔喔……"

我的鞋底在地板上响，但我没说出一个字来，我的嘴废物似的啊喔着。他的眼睛瞪住，和我一样，我是为了欢喜，他是为了惊愕。最后我告诉了他，是房东的大狗生了小狗。

过了四天，别的一只母狗也生了小狗。

以后小狗都睁开眼睛了。我们天天玩着它们，又给小狗搬了个家，把它们都装进木箱里。

争吵就是这天发生的：小钰看见老狗把小狗吃掉一只，怕是那只老狗把它的小狗完全吃掉，所以不同意小狗和那个老狗同居，大家就抢夺着把余下的三个小狗也给装进木箱去，算是那白花狗生的。

那个毛褪得稀疏，骨格透露，瘦得龙样似的老狗，追上来！白花狗仗着年青不惧敌哼吐着开仗的声音。平时这两条狗从不咬架，就连咬人也不会。现在凶恶极了，就像两条小熊在咬架一样。房东的男儿，女儿，听差，使女，又加我们两个，此时都没有用了。不能使两个狗分开。两个狗满院疯狂的拖跑。人也疯狂着。在人们吵闹的声音里，老狗的乳头脱掉一个，含在白花狗的嘴里。

人们算是把狗打开了。老狗再追去时，白花狗已经把乳头吐到地上，跳进木箱看护它的一群小狗去了。

脱掉乳头的，血流着，痛得满院转走。木箱里它的三个小狗却拥挤着不是自己的妈妈在安然的吃奶。

有一天把个小狗抱进屋来放在桌上，它害怕得不能迈步，全身有些颤，我笑着像是得意，说：

"平森，看小狗啊！"

他却相反，说道：

"哼！现在觉得小狗好玩，长大要饿死的时候，就无人管了。"

小黑狗

这话间接的可以了解，我笑着的脸被这话毁坏了，用我寞寞的手，把小狗送了出去，我心里有些不愿意，不愿意小狗将来饿死。可是我却没有说什么，面向后窗，我看望后窗外的空地，这块空地没有阳光照过，四面立着的是有产阶级的高楼，几乎是和阳光绝了缘。不知什么时候，小狗是腐了，烂了，挤在木板下，左近有苍蝇飞着。我的心情完全神经质下去，好像躺在木板下的小狗就是我自己，像听着苍蝇在自己已死的尸体上寻食一样。

平森走过来，我怕又要证实他方才的话，我假装无事，可是他已经看见那个小狗了！我怕他又要象征着说什么，可是他已经说了：

"一个小狗死在这没有阳光的地方，你觉得可怜么？年老的叫化子不能寻食，死在阴沟里，或是黑暗的街道上。女人，孩子，就是年青人失了业的时候也是一样。"

我愿意哭出来，但我不能因为人都说女人一哭就算了事，我不愿意了事。可是慢慢的我终于哭了！他说："悄悄，你要哭么？这是平常的事，冻死，饿死，黑暗死，每天有这样的事情，把持住自己！渡我们的桥梁吧！小孩子！"

我怕着羞把眼泪拭干了，但，终日我是心情寞寞。

过了些日子，十二个小狗之中又少了两个。但是这些更可爱了！会摇尾巴，会学着大狗叫，跑起来在院子就是一小群。有时门口来了生人，它们也跟着大狗跑去，并不咬，只是摇着尾巴，就像和生人要好似的，这或是小狗还不晓得它们的责任，还不晓得保护主人的财产。

天井中纳凉的软椅上，房东太太吸着烟，她开始说家常话

003

了。结果又说到了小狗：

"这一大群什么用也没有，一个好看的也没有，过几天把它们远远的送到马路上去。秋天又要有一群，厌死人了！"

坐在软椅旁边的是个六十多岁的老经管。眼花着，有主意的嘴吃着说：

"明明……天，用麻……袋背送到大江去。"

小钰是个小孩子，她说：

"不用送大江，慢慢都会送出去。"

小狗满院跑跳。我最愿意看的是它们睡觉，多是一个压着一个脖子睡，小圆肚一个个的相挤着。是凡来了熟人的时候都是往外介绍，生得好看一点的抱走了几个。

其中有一个耳朵最大，肚子最圆的小黑狗，算是我的了！我们的朋友用小提篮带回去两个，剩下的只有一个小黑狗和一个小黄狗。老狗对它两个非常珍惜起来，争着给小狗去舐绒毛，这时候，小狗在院子里已经就不成群了！

我从街上回来，打开窗子。我读一本小说。那个小黄狗它挠窗纱，和我玩笑似的竖起身子来，挠了又挠。

我想：

"怎么几天没有见到小黑狗呢？"

我喊了小钰。别的同院住的人都出来了，找遍全院，不见我的小黑狗。马路上也没有可爱的小黑狗，再看不见它的大耳朵了！它忽然是失了踪！

又过三天，小黄狗也被人拿走。

没有妈妈的小钰向我说：

"大狗一听隔院的小狗叫,它就想起它的孩子。可是满院急寻,上楼顶去张望,最终一个都不见。它哽哽的叫呢!"

十三个小狗一个不见了!和两个月以前一样,大狗是孤独的睡在木台上。

平森的小脚,鸽子形的小脚,栖在床单上,他是睡了,我在写,我在想,玻璃窗上的三个苍蝇在飞……

1933年8月1日

(原载于1933年8月13日《大同报·夜哨》)

中秋节

记得青野送来一大瓶酒，董醉倒在地下，剩我自己也没得吃月饼。小屋寞寞的，我读着诗篇，自己过个中秋节。

我想到这里，我不愿想。望着四面清冷的壁，望着窗外的天。我侧倒在床上，看一本书，一页，两页，许多页，不愿看。那么我听着桌上的表，看着瓶里不知名的野花，我睡了。

那不是青野吗？带着枫叶进城来，在床沿大家默坐起。枫叶插在瓶里，放在桌上，后来枫叶干了坐在院心。常常有东西落在头上，啊，小圆枣滚在墙根处。枣树的命运渐渐完结着。晨间学校打钟了，正是上学的时候，梗妈穿起棉袄打着嚏喷在扫偎在墙根哭泣的落叶，我也打着嚏喷。梗妈捏了我的衣裳说，九月时节穿单衣服，怕是害凉。董从他房里跑出，叫我多穿件衣服，我不肯。经过阴凉的街道走进校门。在课室里可望到窗外黄叶的芭蕉。同学们一个跟着一个的向我问：

"你真耐冷，还穿单衣。"

"你的脸为什么紫色呢？"

"倒是关外人……"

她们说着，拿女人专有的眼神闪视。到晚间，嚏喷打得越多，头痛，两天不到校。上了几天课，又是两天不到校。

森森的天气紧逼着我，好像是秋风逼着黄叶样，新历一月一日降雪了，我打起寒颤。开了门望一望雪天，呀！我的衣裳薄得透明了，结了冰般地。

跑回床上，床也结了冰般地。我在床上等着董哥，等得太阳偏西，董哥偏不回来。向梗妈借十个大铜板，于是吃烧饼和油条。

青野踏着白雪进城来，坐在椅间，他问：

"绿叶怎么不起呢？"

梗妈说："一天没起，没上学，可是董先生也出去一天了。"

青野穿的学生服，他摇摇头，又看了自己有洞的鞋底，走过来，他站在床边又问：

"头痛不？"把手放在我头上试热。

说完话他去了，可是太阳快落时，他又回转来。董和我都在猜想。他把两元钱放在梗妈手里，一会就是门外送烤的小车子哗铃的响，又一会小煤炉在地心红着。同时，青野的被子进了当铺。从那夜起，他的被子没有了，盖着褥子睡。

这已往的事，在梦里，又关不住了。

门响，我知道是三郎回来了，我望了他，我又回到梦中。可是他在叫我：

"起来吧，悄悄，我们到朋友家去吃月饼。"

他的声音使我心酸，我知道今晚连买米的钱都没有，所以起来了，去到朋友家吃月饼。人嚣着，经过菜市，也经过睡在路侧的僵尸。酒醉得晕晕的，走回家来，两人就睡在清凉的夜里。

三年过去了,现在我认识的是新人,可是他也和我一样穷困,使我记起三年前的中秋节来。

(原载于1933年10月29日《大同报·夜哨》)

夏　夜

汪林在院心坐了很长的时间了。小狗在她的脚下打着滚睡。

"你怎么样？我胳臂疼。"

"你要小点声说，我妈会听见。"

我抬头看，她的母亲在纱窗里边，于是我们转了话题。在江上摇船到"太阳岛"去洗澡这些事，她是背着她的母亲的。

第二天她又是去洗澡。我们三个人租一条小船在江上荡着。清凉的，水的气味。郎华和我都唱起来了。汪林的嗓子比我们更高。小船浮得飞起来一般地。

夜晚又是在院心乘凉，我的胳臂为着摇船而痛了，头也觉得发胀。我不能再听那一些话感到趣味。什么恋爱啦，谁的未婚夫怎样啦，某某同学结婚，跳舞……我什么也不听了，只是想睡。

"你们谈吧。我可非睡觉不可。"我向她和郎华告辞。

睡在我脚下的小狗，我误踏了它，小狗还在哽哽的叫着，我就关了门。

最热的几天，差不多天天去洗澡，所以夜夜我早早睡。郎华和汪林就留在暗夜的院宇里。

只要接近着床，我什么全忘了。汪林那红色的嘴，那少女的烦闷……夜夜我不知道郎华什么时候回屋来睡觉。就这样，我不知过了几天了。

"她对我要好,真是——少女们。"

"谁呢?"

"那你还不知道!"

"我还不知道。"我其实知道。

很穷的家庭教师,那样好看的有钱的女人竟向他要好了。

"我坦白的对她说了:我们不能够相爱的,一方面有吟,一方面我们彼此相差得太远……你沉静点吧……"他告诉我。

又要到江上去摇船。那天又多了三个人,汪林也在内。一共是六个人:陈成和他的女人,郎华和我,汪林,还有那个编辑朋友。

停在江边的那一些小船动荡得落叶似的。我们四个跳上了一条船,当然把汪林和半胖的人丢下。他们两个就站在石堤上。本来是很生疏的,因为都是一对一对的,所以我们故意要看他们两个也配成一对。我们的船离岸很远了。

"你们坏呀!你们坏呀!"汪林仍叫着。

为什么骂我们坏呢?那人不是她一个很好的小水手吗?为她荡着桨,有什么不愿意吗?也许汪林和我的感情最好,也许她最愿意和我同船。船荡得那么远了,一切江岸上的声音都已隔绝,江沿上的人影也消灭了轮廓。

水声,浪声,郎华和陈成混合着江声在唱。远远近近的那一些女人的阳伞,这一些船,这一些幸福的船呀!满江上是幸福的船,满江上是幸福了!人间,岸上没有罪恶了罢!

再也听不到汪林的喊。他们的船是脱开,离我们很远了。

郎华故意把桨打起的水星落到我的脸上。船越行越慢,但郎华和陈成流起汗来。桨板打到江心的沙滩了,小船就要搁浅在沙滩上。这两个勇敢的大鱼似的跳下水去,在大江上挽着船行。

一入了湾,把船任意停在什么地方都可以。

我浮水是这样浮的:把头昂在水外,我也移动着,看起来像是在浮,其实手却抓着江底的泥沙,鳄鱼一样,四条腿一起爬着浮。

那只船到来时,听着汪林在叫。很快她脱了衣裳,也和我一样抓着江底在爬,但她是快乐的,爬得很有意思。

在沙滩上滚着的时候,居然很熟识了,她把伞打起来,给她同船的人遮着太阳,她保护着他。陈成扬着沙子飞向他去:"陵,着镖吧!"

汪林和陵站了一队用沙子反攻。

我们的船出了湾已行在江上时,他们两个仍在沙滩上走着。

"你们先走吧,看我们谁先上岸。"汪林说。

太阳的热力在江面上开始减低,船是顺水行下去的。他们还没有来,看过多少只船,看过多少柄阳伞,然而没有汪林的阳伞。太阳西沉时,江风很大了,浪也很高,我们有点担心那只船。李说那只船是"迷船"。

四个人在岸上就等着这"迷船",意想不到的是他们绕着弯子从上游来的。

汪林不骂我们是坏人了,风吹着她的头发,那兴奋的样子,这次摇船好像她比我们得到的快乐更大,更多……

早晨再看报时,编辑居然做诗了。大概就是这样的意思:愿意风把船吹翻，愿意和美人一起沉下江去……

让我这样一说，就没有诗意了。总之，可不是前几天那样的话，什么摩登女子吃"血"活着啦，小姐们的嘴是吃"血"的嘴啦……总之可不是那一套。这套比那套文雅得多，这套说摩登女子是天仙，那套说摩登女子是恶魔。

汪林和郎华在夜间也不那么谈话了。陵编辑一来，她就到我们屋里来，因此陵到我们家来的次数多多了。

"今天早点走……多玩一会，你们在街角等我。"这样的话，汪林再不向我们说了。她用不到约我们去"太阳岛"了。

陵伴着这吃人血的女子在街上走，在电影院里会，他也不怕她会吃他的血，还说什么怕呢，常常在那红色的嘴上接吻，正因为她的嘴和血一样红才可爱。

骂小姐们是恶魔是羡慕的意思，是伸手去攫取怕她逃避的意思。

在街上，汪林的高跟鞋，陵的亮皮鞋咯钉咯钉谐和的响着了。

（原载于1934年3月6日至7日《国际协报·国际公园》，收入1936年8月上海生活出版社出版的《商市街》）

蹲在洋车上

看到了乡巴佬坐洋车，忽然想起一个童年的故事。

当我还是小孩的时候，祖母常常进街。我们并不住在城外，只是离市镇较偏的地方罢了！有一天，祖母又要进街，命令我：

"叫你妈妈把斗风给我拿来！"

那时因为我过于娇惯，把舌头故意缩短一些，叫斗篷作斗风，所以祖母学着我，把风字拖得很长。

她知道我最爱惜皮球，每次进街的时候，她问我：

"你要些什么呢？"

"我要皮球。"

"你要多大的呢？"

"我要这样大的。"

我赶快把手臂拱向两面，好像张着的鹰的翅膀。大家都笑了！祖父轻动着嘴唇好像要骂我一些什么话，因我的小小的姿式感动了他。

祖母的斗篷消失在高烟囱的背后。

等她回来的时候，什么皮球也没带给我，可是我也不追问一声：

"我的皮球呢？"

因为每次她也不带给我；下次祖母再上街的时候，我仍说是要皮球，我是说惯了，我是熟练而惯于作那种姿式。

祖母上街尽是坐马车回来，今天却不是，她睡在仿佛是小槽子里，大概是槽子装置了两个大车轮。非常轻快，雁似的从大门口飞来，一直到房门。在前面挽着的那个人，把祖母停下，我站在玻璃窗里，小小的心灵上，有无限的奇秘冲击着。我以为祖母不会从那里头走出来，我想祖母为什么要被装进槽子里呢？我渐渐惊怕起来，我完全成个呆气的孩子，把头盖顶住玻璃，想尽方法理解我所不能理解的那个从来没有见过的槽子。

很快我领会了！见祖母从口袋里拿钱给那个人，并且祖母非常兴奋，她说叫着，斗篷几乎从她的肩上脱溜下去！

"呵！今天我坐的东洋驴子回来的，那是过于安稳呀！还是头一次呢，我坐过安稳的车子！"

祖父在街上也看见过人们所呼叫的东洋驴子，妈妈也没有奇怪。只是我，仍旧头皮顶撞在玻璃镜那儿，我眼看那个驴子从门口飘飘的不见了！我的心魂被引了去。

等我离开窗子，祖母的斗篷已是脱在炕的中央，她嘴里叨叨地讲着她街上所见的新闻。可是我没有留心听，就是给我吃什么糖果之类，我也不会留心吃，只是那样的车子太吸引我了！太捉住我小小的心灵了！

夜晚在灯光里，我们的邻居，刘三奶奶摇闪着走来，我知道又是找祖母来谈天的。所以我稳当当地占了一个位置在桌边。于是我咬起嘴唇来，仿佛大人样能了解一切话语，祖母又讲关于街上所见的新闻，我用心听，我十分费力！

"……那是可笑，真好笑呢！一切人站下瞧，可是那个乡下佬还是不知道笑自己，拉车的回头才知道乡巴佬是蹲在车子前放脚的地方，拉车的问：'你为什么蹲在这地方？'

"他说怕拉车的过于吃力，蹲着不是比坐着强吗？比坐在那里不是轻吗？所以没敢坐下……"

邻居的三奶奶，笑得几个残齿完全摆在外面，我也笑了！祖母还说，她感到这个乡巴佬难以形容，她的态度，她用所有的一切字眼，都是引人发笑。

"后来那个乡巴佬，你说怎么样！他从车上跳下来，拉车的问他为什么跳？他说：若是蹲着吗？那还行。坐着，我实在没有那样的钱。拉车的说：坐着，我不多要钱。那个乡巴佬到底不信这话，从车上搬下他的零碎东西，走了。他走了！"

我听得懂，我觉得费力，我问祖母：

"你说的，那是什么驴子？"

她不懂我的半句话，拍了我的头一下，当时我真是不能记住那样繁复的名词。

过了几天祖母又上街，又是坐驴子回来的，我的心里渐渐羡慕那驴子，也想要坐驴子。

过了两年，六岁了！我的聪明，也许是我的年岁吧！支持着我使我愈见讨厌我那个皮球，那真是太小，而又太旧了；我不能喜欢黑脸皮球，我爱上邻家孩子手里那个大的；买皮球，好像我的志愿，一天比一天坚决起来。

向祖母说，她答："过几天买吧，你先玩这个吧！"

又向祖父请求，他答："这个还不是很好吗？不是没有出气吗？"

我得知他们的意思是说旧皮球还没有破，不能买新的。于是把皮球在脚下用力捣毁它，任是怎样捣毁，皮球仍是很圆，很鼓，后来到祖父面前让他替我踏破！祖父变了脸色，像是要打我，我跑开了！

从此，我每天表示不满意的样子。

终于一天晴朗的夏日，戴起小草帽来，自己出街去买皮球了！朝向母亲曾领我到过的那家铺子走去，离家不远的时候，我的心志非常光明，能够分辨方向，我知道自己是向北走。过了一会，不然了！太阳我也找不着了！一些些的招牌，依我看来都是一个样，街上的行人好像每个要撞倒我似的，就连马车也好像是旋转着走。我不晓得自己走了多远，但我实在疲劳。不能再寻找那家商店；我急切的想回家，可是家也被寻觅不到。我是从哪一条路来的？究竟家是在什么方向？

我忘记一切危险，在街心停住，我没有哭，把头向天，愿看见太阳。因为平常爸爸不是拿指南针看看太阳就知道或南或北吗？我既然看了！只见太阳在街路中央，别的什么都不能知道，我无心留意街道，跌倒了在阴沟板上面。

"小孩！小心点。"

身边的马车夫驱着车子过去，我想问他我的家在什么地方，他走过了！我昏沉极了！忙问一个路旁的人：

"你知道我的家吗？"

他好像知道我是被丢的孩子，或许那时候我的脸上有什么急慌的神色，那人跑向路的那边去，把车子拉过来，我知道他是洋车夫，他和我开玩笑一般：

"走吧！坐车回家吧！"

我坐上了车，他问我，总是玩笑一般地：

"小姑娘！家在哪里呀？"

我说："我们离南河沿不远，我也不知道哪面是南，反正我们南边有河。"

走了一会，我的心渐渐平稳，好像被动荡的一盆水，渐渐静止下来，可是不多一会，我忽然忧愁了！抱怨自己皮球仍是没有买成！从皮球联想到祖母骗我给买皮球的故事，很快又联想到祖母讲的关于乡巴佬坐东洋驴子的故事。于是我想试一试，怎样可以像个乡巴佬。该怎样蹲法呢？轻轻地从座位滑下来，当我还没有蹲稳当的时节，拉车的回头来：

"你要做什么呀？"

我说："我要蹲一蹲试试，你答应我蹲吗？"

他看我已经偎在车前放脚的那个地方，于是他向我深深地做了一个鬼脸，嘴里哼着：

"倒好哩！你这样孩子，很会淘气！"

车子跑得不很快，我忘记街上有没有人笑我。车跑到红色的大门楼，我知道到家了！我应该起来呀！应该下车呀！不，目的想给祖母一个意外的发笑，等车拉到院心，我仍蹲在那里，像耍猴人的猴样，一动不动。祖母笑着跑出来了！祖父也是笑！我怕他们不晓得我的意义，我用尖音喊：

"看我！乡巴佬蹲东洋驴子！乡巴佬蹲东洋驴子呀！"

只有妈妈大声骂着我，忽然我怕要打我，我是偷着上街。

洋车忽然放停，从上面我倒滚下来，不记得被跌伤没有。祖父猛力打了拉车的，说他欺侮小孩，说他不让小孩坐车让蹲在那里。没有给他钱，从院子把他轰出去。

所以后来，无论祖父对我怎样疼爱，心里总是生着隔膜，我不同意他打洋车夫，我问：

"你为什么打他呢？那是我自己愿意蹲着。"

祖父把眼睛斜视一下："有钱的孩子是不受什么气的。"

现在我是二十多岁了！我的祖父死去多年了！在这样的年代中，我没发现一个有钱的人蹲在洋车上；他有钱，他不怕车夫吃力，他自己没拉过车，自己所尝到的，只是被拉着舒服的滋味。假若偶尔有钱家的小孩子要蹲在车厢中玩一玩，那么孩子的祖父出来，拉洋车的便要被打。

可是我呢？现在变成个没有钱的孩子了！

1934年3月16日

（原载于1934年3月30日至31日《国际协报·国际公园》）

镀金的学说

我的伯伯，他是我童年唯一崇拜的人物，他说起话有洪亮的声音，并且他什么时候讲话总关于正理，至少那时候我觉得他的话是严肃的，有条理的，千真万对的。

那年我十五岁，是秋天，无数张叶子落了，回旋在墙根了！我经过北门旁在寒风里号叫着的老榆树，那榆树的叶子也向我打来。可是我抖擞着跑进屋去，我是参加一个邻居姐姐出嫁的筵席回来。一边脱换我的新衣裳，一边同母亲说，那好像同母亲吵嚷一般："妈，真的没有见过，婆家说新娘笨，也有人当面来羞辱新娘，说她站着的姿式不对，坐着的姿式不好看，林姐姐一声也不作。假若是我呀！哼！……"

母亲说了几句同情的话，就在这样的当儿，我听清伯父在呼唤我的名字。他的声音是那样低沉，平素我是爱伯父的，可是也怕他，于是我心在小胸膛里边惊跳着走出外房去。我的两手下垂，就连视线也不敢放过去。

"你在那里讲些什么话？很有趣哩！讲给我听听。"伯父说话的时候，他的眼睛流动着笑着，我知道他没有生气，并且我想他很愿意听我讲究话。我就高声把那事又说了一遍，我且说且做出种种姿式来。等我说完的时候，我仍欢喜，说完了我把说话时跳打着的手足停下,静等着伯伯夸奖我呢!可是过了很多工夫,伯伯在桌子旁仍写他的文字。对我好像没有反应,再等一会他对于我的讲话也绝对没有回响。至于我呢,我的小心房立刻感到压迫,我想我的错在什么地方?话讲的是很流利呀!讲话的速度也算是活泼呀!伯伯好像一块朽木塞住我的咽喉,我愿意快躲开他到别的房中去长叹一口气。

伯伯把笔放下了,声音也跟着来了:"你不说假若是你吗?是你又怎么样?你比别人更糟糕,下回少说这一类话!小孩子学着夸大话,浅薄透了!假如是你,你比别人更糟糕,你想你总要比别人高一倍吗?再不要夸口,夸口是最可耻,最没出息。"

我走进母亲的房里时,坐在炕沿我弄着发辫,默不作声,脸部感到很烧很烧。以后我再不夸口了!

伯父又常常讲一些关于女人的服装的意见,他说穿衣服素色最好,不要涂粉,抹胭脂,要保持本来的面目。我常常是保持本来的面目,不涂粉不抹胭脂,也从没穿过花色的衣裳。

后来我渐渐对于古文有趣味,伯父给我讲古文,记得讲到《吊古战场文》那篇,伯父被感动得有些声咽,我到后来竟哭了!从那时起我深深感到战争的痛苦与残忍。大概那时我才十四岁。

又过一年,我从小学卒业就要上中学的时候,我的父亲把脸沉下了!他终天把脸沉下。等我问他的时候,他瞪一瞪眼睛,在地板上走转两圈,必须要过半分钟才能给一个答话:"上什么中学?上中学在家上吧!"

父亲在我眼里变成一只没有一点热气的鱼类,或者别的不具着情感的动物。

半年的工夫，母亲同我吵嘴，父亲骂我："你懒死啦！不要脸的！"当时我过于气愤了，实在受不住这样一架机器压轧了。我问他："什么叫不要脸呢？谁不要脸！"听了这话立刻像火山一样爆裂起来。当时我没能看出他头上有火冒也没？父亲满头的发丝一定被我烧焦了吧！那时我是在他的手掌下倒了下来，等我爬起来时，我也没有哭。可是父亲从那时起他感到父亲的尊严是受了一大挫折，也从那时起每天想要恢复他的父权。他想做父亲的更该尊严些，或者加倍的尊严着才能压住子女吧？

可真加倍尊严起来了。每逢他从街上回来，都是黄昏时候，父亲一走到花墙的地方便从喉管作出响动，咳嗽几声啦，或是吐一口痰啦。后来渐渐我听他只是咳嗽而不吐痰，我想父亲一定会感着痰不够用了呢！我想做父亲的为什么必须尊严呢？或者因为做父亲的肚子太清洁？！把肚子里所有的痰都吐出来了？

一天天睡在炕上，慢慢我病着了！我什么心思也没有了！一班同学不升学的只有两三个，升学的同学给我来信告诉我，她们怎样打网球，学校怎样热闹，也说些我所不懂的功课。我愈读这样的信，心愈加重一点。

老祖父支住拐杖，仰着头，白色的胡子振动着说："叫樱花上学去吧！给她拿火车费，叫她收拾收拾起身吧！小心病坏了！"

父亲说："有病在家养病吧，上什么学，上学！"

后来连祖父也不敢向他问了，因为后来不管亲戚朋友，提到我上学的事他都是连话不答，出走在院中。

整整死闷在家中三个季节，现在是正月了。家中大会宾客，外祖母啜着汤食向我说:"樱花,你怎么不吃什么呢?"

当时我好像要流出眼泪来,在桌旁的枕上,我又倒下了!

因为伯父外出半年是新回来,所以外祖母向伯父说:"他伯伯,向樱花爸爸说一声,孩子病坏了,叫她上学去吧!"

伯父最爱我,我五六岁时他常常来我家,他从北边的乡村带回来榛子。冬天他穿皮大氅,从袖口把手伸给我,那冰寒的手呀!当他拉住我的手的时候,我害怕挣脱着跑了,可是我知道一定有榛子给我带来,我秃着头两手捏耳朵,在院子里我向每个货车夫问:"有榛子没有?有榛子没有?"

伯父把我裹在大氅里,抱着我进去,他说:"等一等给你榛子。"

我渐渐长大起来,伯父仍是爱我的,讲故事给我听。买小书给我看。等我入高级,他开始给我讲古文了!有时族中的哥哥弟弟们都唤来,也讲给我们听。可是书讲完他们临去的时候,伯父总是说:"别看你们是男孩子,樱花比你们全强,真聪明。"

他们自然不愿意听了,一个一个退走出去。不在伯父面前他们齐声说:"你好呵!你有多聪明!比我们这一群混蛋强得多。"

男孩子说话总是有点野,不愿意听,便离开他们了。谁想男孩子们会这样放肆呢?他们扯住我,要打我:"你聪明,能当个什么用?我们有气力,要收拾你。""什么狗屁聪明,来,我们大家伙看看你的聪明到底在哪里!"

伯父当着什么人也夸奖我:"好记力,心机灵快。"

现在一讲到我上学的事,伯父微笑了:"不用上学,家里请个老先生念念书就够了！哈尔滨的女学生们太荒唐。"

外祖母说："孩子在家里教养好，到学堂也没有什么坏处。"

于是伯父斟了一杯酒，夹了一片香肠放到嘴里，那时我多么不愿看他吃香肠呵！那一刻我是怎样恼烦着他！我讨厌他喝酒用的杯子，我讨厌他上唇生着的小黑髭，也许伯伯没有观察我一下，他又说："女学生们靠不住，交男朋友啦！恋爱啦！我看不惯这些。"

从那时起伯父同父亲是没有什么区别。变成严凉的石块。

当年，我升学了，那不是什么人帮助我，是我自己向家庭施行的骗术。后一年暑假，我从外埠回家，我和伯父的中间，总感到一种淡漠的情绪，伯父对我似乎是客气了，似乎是有什么从中间隔离着了！

一天伯父上街去买鱼，可是他回来的时候，筐子是空空的。母亲问：

"怎么！没有鱼吗？"

"哼！没有。"

母亲又问："鱼贵吗？"

"不贵。"

伯父走进堂屋坐在那里好像幻想着一般，后门外树上满挂着绿的叶子，伯父望着那些无知的叶子幻想，最后他小声唱起，像是有什么悲哀蒙蔽着他了！看他的脸色完全可怜起来。他的眼睛是那样忧烦地望着桌面，母亲说：

"哥哥头痛吗？"

伯父似乎不愿回答，摇着头，他走进屋倒在床上，很长时间，他翻转着，扇子他不用来摇风，在他手里乱响。他的手在胸膛上拍着，气闷着，再过一会，他完全安静下去，扇子任意丢在地板，苍蝇落在脸上，也不去搔它。

晚饭桌上，伯父多喝了几杯酒，红着颜面向祖父说："菜市上看见王大姐呢！"

王大姐，我们叫她王大姑，常听母亲说："王大姐没有妈，爹爹为了贫穷去为匪，只留这个可怜的孩子住在我们家里。"伯父很多情呢！伯父也会恋爱呢，伯父的屋子和我姑姑们的屋子挨着，那时我的三个姑姑全没出嫁。

一夜，王大姑没有回内房去睡，伯父伴着她哩！

祖父不知这件事，他说："怎么不叫她来家呢？"

"她不来，看样子是很忙。"

"呵！从出了门子总没见过，二十多年了，二十多年了！"

祖父捻着斑白的胡子，他感到自己是老了！

伯父也感叹着："嗳！一转眼，老了！不是姑娘时候的王大姐了！头发白了一半。"

伯父的感叹和祖父完全不同，伯父是痛惜着他破碎的青春的故事。又想一想，他婉转着说，说时他神秘的有点微笑："我经过菜市场，一个老太太回头看我，我走过，她仍旧看我。停在她身后，我想一想，是谁呢？过会我说：'是王大姐吗？'她转过身来，我问她：'在本街住吧？'她垂下头，我看见她的门牙脱落了两个。她说：'在本街住。'我叫她回来看看，她说她很忙，要回去烧饭，随后她走了，什么话也没说，提着空筐子走了！"

夜间，全家人都睡了，我偶然到伯父屋里去找一本书，因为对他，我连一点信仰也失去了，所以无言走出。

伯父愿意和我谈话似的："没睡吗？"

"没有。"

隔着一道玻璃门，我见他无聊的样子翻着书和报，枕旁一支蜡烛，火光在起伏。伯父今天似乎是例外，同我讲了好些话，关于报纸上的，又关于什么年鉴上的。他看见我手里拿着一本花面的小书，他问："什么书。"

"小说。"

我不知道他的话是从什么地方说起："言情小说，《西厢》是妙绝，《红楼梦》也好。"

那夜伯父奇怪地向我笑，微微的笑，把视线斜着看住我。我忽然想起白天所讲的王大姑来了，于是给伯父倒一杯茶，我走出房来，让他伴着茶香来慢慢的回味着记忆中的姑娘吧！

我与伯伯的学说渐渐悬殊，因此感情也渐渐恶劣，我想什么给感情分开的呢？我需要恋爱，伯父也需要恋爱。伯父见着他年轻时候的情人痛苦，假若是我也是一样。

那么他与我有什么不同呢？不过伯伯相信的是镀金的学说。

（原载于1934年6月14日至28日《国际协报·文艺》）

饿

"列巴圈"挂在过道别人的门上,过道好像还没有天明,可是电灯已经熄了。夜间遗留下来睡朦朦的气息充塞在过道,茶房气喘着,抹着地板。我不愿醒得太早,可是已经醒了,同时再不能睡去。

厕所房的电灯仍开着,和夜间一般昏黄,好像黎明还没有到来,可是"列巴圈"已经挂上别人家的门了!有的牛奶瓶也规规矩矩的等在别人的房间外。只要一醒来,就可以随便吃喝。但,这都只限于别人,是别人的事,与自己无关。

扭开了灯,郎华睡在床上,他睡得很恬静,连呼吸也不震动空气一下。听一听过道连一个人也没走动。全旅馆的三层楼都在睡中,越这样静越引诱我,我的那种想头越坚决。过道尚没有一点声息,过道越静越引诱我,我的那种想头越想越充胀我:去拿吧!正是时候,即使是偷,那就偷吧!

轻轻扭动钥匙,门一点响动也没有。探头看了看,"列巴圈"对门就挂着,东隔壁也挂着,西隔壁也挂着。天快亮了!牛奶瓶的乳白色看得真真切切,"列巴圈"比每天也大了些,结果什么也没有去拿,我心里发烧,耳朵也热了一阵,立刻想到这是"偷"。儿时的记忆再现出来,偷梨吃的孩子最羞耻。过了好久，我就贴在已关好的门扇上，大概我像一个没有灵魂的、纸剪成的人贴在门扇。大概这样吧：街车唤醒了我，马蹄嗒嗒、车轮吱吱地响过去。我抱紧胸膛，把头也挂到胸口，向我自己心说：我饿呀！不是"偷"呀！

第二次也打开门，这次我决心了！偷就偷，虽然是几个"列巴圈"，我也偷，为着我"饿"，为着他"饿"。

第二次失败，那么不去做第三次了。下了最后的决心，爬上床，关了灯，推一推郎华，他没有醒，我怕他醒。在"偷"这一刻，郎华也是我的敌人；假若我有母亲，母亲也是敌人。

天亮了！人们醒了。做家庭教师，无钱吃饭也要去上课，并且要练武术。他喝了一杯空茶走的，过道那些"列巴圈"早已不见，都让别人吃了。

从昨夜饿到中午，四肢软弱一点，肚子好像被踢打放了气的皮球。

窗子在墙壁中央，天窗似的，我从窗口升了出去，赤裸裸，完全和日光接近；市街临在我的脚下，直线的，错综着许多角度的楼房，大柱子一般工厂的烟囱，街道横顺交织着，秃光的街树。白云在天空作出各样的曲线，高空的风吹乱我的头发，飘荡我的衣襟。市街像一张繁繁杂杂颜色不清晰的地图，挂在我的眼前。楼顶和树梢都挂住一层稀薄的白霜，整个城市在阳光下闪闪灼灼撒了一层银片。我的衣襟被风拍着作响，我冷了，我孤孤独独的好像站在无人的山顶。每家楼顶的白霜，一刻不是银片了，而是些雪花、冰花，或是什么更严寒的东西在吸我，像全身浴在冰水里一般。

我披了棉被再出现到窗口，那不是全身，仅仅是头和胸突在窗口。一个女人站在一家药店门口讨钱，手下牵着孩子，衣襟裹着更小的孩子。药店没有人出来理她，过路人也不理她，都像说她有孩子不对，穷就不该有孩子，有也应该饿死。

我只能看到街路的半面，那女人大概向我的窗下走来，因为我听见那孩子的哭声很近。

"老爷，太太，可怜可怜……"可是看不见她在逐谁，虽然是三层楼，也听得这般清楚，她一定是跑得颠颠断断的呼喘："老爷……老爷……可怜吧！"

那女人一定正像我，一定早饭还没有吃，也许昨晚的也没有吃。她在楼下急迫地来回的呼声传染了我，肚子立刻响起来，肠子不住的呼叫……

郎华仍不回来，我拿什么来喂肚子呢？桌子可以吃吗？草褥子可以吃吗？

晒着阳光的行人道，来往的行人，小贩，乞丐……这一些看得我疲倦了！打着呵欠，从窗口爬下来。

窗子一关起来，立刻生满了霜，过一刻，玻璃片就流着眼泪了！起初是一条一条的，后来就大哭了！满脸是泪，好像在行人道上讨饭的母亲的脸。

我坐在小屋，像饿在笼中的鸡一般，只想合起眼睛来静着，默着，但又不是睡。

"咯，咯！"这是谁在打门！我快去开门，是三年前旧学校里的图画先生。

他和从前一样很喜欢说笑话，没有改变，只是胖了一点，眼睛又小了一点。他随便说，说得很多。他的女儿，那个穿红花旗袍的小姑娘，又加了一件黑绒上衣，她在藤椅上，怪美丽的。但她有点不耐烦的样子：

"爸爸，我们走吧。"小姑娘那里懂得人生！小姑娘只知道美，那里懂得人生？

曹先生问："你一个人住在这里吗？"

"是——"我当时不晓得为什么答应"是"，明明是和郎华同住，怎么要说自己住呢？

好像这几年并没有别开，我仍在那个学校读书一样。他说："还是一个人好，可以把整个的心身献给艺术。你现在不喜欢画，你喜欢文学，就把全身心献给文学。只有忠心于艺术的心才不空虚，只有艺术才是美，才是真美。'爱情'这话很难说，若是为了性欲才爱，那么就不如临时解决，随便可以找到一个，只要是异性。爱是爱，'爱'很不容易，那么就不如爱艺术，比较不空虚……"

"爸爸，走吧！"小姑娘那里懂得人生，只知道"美"，她看一看这屋子一点意思也没有，床上只铺一张草褥子。

"是，走——"曹先生又说，眼睛指着女儿："你看我，十三岁就结了婚。这不是吗？曹云都十五岁啦！"

"爸爸，我们走吧！"

他和前几年一样，总爱说"十三岁"就结了婚。差不多全校同学都知道曹先生是十三岁结婚的。

"爸爸，我们走吧！"

他把一张票子丢在桌上就走了！那是我写信去要的。

郎华还没有回来，我应该立刻想到饿，但我完全被青春迷惑了，读书的时候，哪里懂得"饿"？只晓得青春最重要，虽然现在我也并没老，但总觉得青春是过去了！过去了！

我冥想了一个长时期，心浪和海水一般翻了一阵。

追逐实际吧！青春惟有自私的人才系念她，"只有饥寒，没有青春"。

几天没有去过的小饭馆，又坐在那里边吃喝了。"很累了吧！腿可疼？道外道里要有十五里路。"我问他。

只要有的吃，他也很满足，我也很满足。其余什么都忘了！

那个饭馆，我已经习惯，还不等他坐下，我就抢个地方先坐下，我也把菜的名字记得很熟，什么辣椒白菜啦，雪里红豆腐啦……什么酱鱼啦！怎么叫酱鱼呢？哪里有鱼！用鱼骨头炒一点酱，借一点腥味就是啦！我很有把握，我简直都不用算一算就知道这些菜也超不过一角钱。因此我用很大的声音招呼，我不怕，我一点也不怕花钱。

回来没有睡觉之前，我们一面喝着开水，一面说：

"这回又饿不着了，又够吃些日子。"

闭了灯，又满足又安适的睡了一夜。

1935年3月至5月间

（原载于1935年6月1日《文学》，收入1936年8月上海生活出版社出版《商市街》）

祖父死了的时候

祖父总是有点变样子，他喜欢流起眼泪来，同时过去很重要的事情他也忘掉。比方过去那一些他常讲的故事，现在讲起来，讲了一半，下一半他就说："我记不得了。"

某夜，他又病了一次，经过这一次病，他竟说："给你三姑写信，叫她来一趟，我不是四五年没看过她吗？"他叫我写信给我已经死去五年的姑母。

那次离家是很痛苦的。学校来了开学通知信，祖父又一天一天地变样起来。

祖父睡着的时候，我就躺在他的旁边哭，好像祖父已经离开我死去似的，一面哭着一面抬头看他凹陷的嘴唇。我若死掉祖父，就死掉我一生最重要的一个人，好像他死了就把人间一切"爱"和"温暖"带得空空虚虚。我的心被丝线扎住或铁丝绞住了。

我联想到母亲死的时候。母亲死以后，父亲怎样打我，又娶一个新母亲来。这个母亲很客气，不打我，就是骂，也是指着桌子或椅子来骂我。客气是越客气了，但是冷淡了，疏远了，生人一样。

"到院子去玩玩吧！"祖父说了这话之后，在我的头上撞了一下,"喂!你看这是什么?"一个黄金色的橘子落到我的手中。

夜间不敢到茅厕去,我说:"妈妈同我到茅厕去趟吧。"

"我不去!"

"那我害怕呀!"

"怕什么?"

"怕什么?怕鬼怕神?"父亲也说话了,把眼睛从眼镜上面看着我。

冬天,祖父已经睡下,赤着脚,开着纽扣跟我到外面茅厕去。

学校开学,我迟到了四天。

三月里,我又回家一次,正在外面叫门,里面小弟弟嚷着:"姐姐回来了!姐姐回来了!"大门开时,我就远远注意着祖父住着的那间房子。果然祖父的面孔和胡子闪现在玻璃窗里。我跳着笑着跑进屋去。但不是高兴,只是心酸,祖父的脸色更惨淡更白了。等屋子里一个人没有时,他流着泪,他慌慌忙忙的一边用袖口擦着眼泪,一边抖动着嘴唇说:"爷爷不行了,不知早晚……前些日子好险没跌……跌死。"

"怎么跌的?"

"就是在后屋,我想去解手,招呼人,也听不见,按电铃也没有人来,就得爬啦。还没到后门口,腿颤,心跳;眼前发花了一阵就倒下去。没跌断了腰……人老了,有什么用处!爷爷是八十一岁呢。"

"爷爷是八十一岁。"

"没用了，活了八十一岁还是在地上爬呢！我想你看不着爷爷了，谁知没有跌死，我又慢慢爬到炕上。"

我走的那天也是和我回来那天一样，白色的脸的轮廓闪现在玻璃窗里。

在院心我回头看着祖父的面孔，走到大门口，在大门口我仍可看见，出了大门，就被门扇遮断。

从这一次祖父就与我永远隔绝了。虽然那次和祖父告别，并没说出一个永别的字。

我回来看祖父，这回门前吹着喇叭，幡杆挑得比房头更高，马车离家很远的时候，我已看到高高的白色幡杆了，吹鼓手们的喇叭苍凉的在悲号。马车停在喇叭声中，大门前的白幡、白对联，院心的灵棚，闹嚷嚷许多人，吹鼓手们响起呜呜的哀号。

这回祖父不坐在玻璃窗里，是睡在堂屋的板床上，没有灵魂地躺在那里。我要看一看他白色的胡子，可是怎样看呢！拿开他脸上蒙着的纸吧，胡子、眼睛和嘴，都不会动了，他真的一点感觉也没有了？我从祖父的袖管里去摸他的手，手也没有感觉了。祖父这回真死去了啊！

祖父装进棺材去的那天早晨，正是后园里玫瑰花开放满树的时候。我扯着祖父的一张被角，抬向灵前去。吹鼓手在灵前吹着大喇叭。

我怕起来，我号叫起来。

"咣咣！"黑色的，半尺厚的灵柩盖子压上去。

吃饭的时候，我饮了酒，用祖父的酒杯饮的。饭后我跑到后园玫瑰树下去卧倒，园中飞着蜂子和蝴蝶，绿草的清凉的气味，这都和十年前一样。可是十年前死了妈妈。妈妈死后我仍是在园中扑蝴蝶；这回祖父死去，我却饮了酒。

过去的十年我是和父亲打斗着生活。在这期间我觉得人是残酷的东西。父亲对我是没有好面孔的，对于仆人也是没有好面孔的，他对于祖父也是没有好面孔的。因为仆人是穷人，祖父是老人，我是个小孩子，所以我们这些完全没有保障的人就落到他的手里。后来我看到新娶来的母亲也落到他的手里，他喜欢她的时候，便同她说笑，他恼怒时便骂她，母亲渐渐也怕起父亲来。

母亲也不是穷人，也不是老人，也不是孩子，怎么也怕起父亲来呢？我到邻家去看看，邻家的女人也是怕男人。我到舅家去，舅母也是怕舅父。

我懂得的尽是些偏僻的人生，我想世间死了祖父，就没有再同情我的人了，世间死了祖父，剩下的尽是些凶残的人了。

我饮了酒，回想，幻想……

以后我必须不要家，到广大的人群中去，但我在玫瑰树下颤怵了，人群中没有我的祖父。

所以我哭着，整个祖父死的时候我哭着。

（原载于1935年7月28日《大同报·大同俱乐部》）

初　冬

初冬，我走在清凉的街道上遇见了我的弟弟。

"莹姐，你走到哪里去？"

"随便走走吧！"

"我们去吃一杯咖啡，好不好？莹姐。"

咖啡店的窗子在帘幕下挂着苍白的霜层。我把领口脱着毛的外衣搭在衣架上。

我们开始搅着杯子铃铛的响了。

"天冷了吧！并且也太孤寂了，你还是回家的好。"弟弟的眼睛是深黑色的。

我摇了头，我说："你们学校的篮球队近来怎么样？还活跃吗？你还很热心吗？"

"我掷筐掷得更进步，可惜你总也没到我们球场上来了。你这样不畅快是不行的。"

我仍搅着杯子，也许飘流久了的心情，就和离了岸的海水一般，若非遇到大风是不会翻起的。我开始弄着手帕。弟弟再向我说什么我已不去听清他，仿佛自己是沉坠在深远的幻想的井里。

我不记得咖啡怎样被我吃干了杯了。茶匙在搅着空的杯子时，弟弟说："再来一杯吧！"

女侍者带着欢笑一般飞起的头发来到我们的桌边,她又用很响亮的脚步摇摇地走了去。

也许是因为清早或是天寒,再没有人走进这咖啡店。在弟弟默默看着我的时候,在我的思想凝静得玻璃一般平的时候,壁间暖气管小小嘶鸣的声音都听得到了。

"天冷了,还是回家好,心情这样不畅快长久了是无益的。"

"怎么!"

"太坏的心情与你有什么好处呢?"

"为什么要说我的心情不好呢?"

我们又都搅着杯子。有外国人走进来,那响着嗓子的、嘴不住在说的女人,就坐在我们的近边。她离得我越近,我越嗅到她满衣的香气,那使我感到她离得我更辽远,也感到全人类离得我更辽远。也许她那安闲而幸福的态度与我一点联系也没有。

我们搅着杯子,杯子不能像起初搅得发响了,街车好像渐渐多了起来,闪在窗子上的人影迅速而且繁多了。隔着窗子,可以听到喑哑的笑声和喑哑的踏在行人道上的鞋子的声音。

"莹姐。"弟弟的眼睛是深黑色的。"天冷了,再不能飘流下去,回家去吧!"弟弟说,"你的头发这样长了,怎么不到理发店去一次呢?"我不知道为什么被他这话所激动了。

也许要熄灭的灯火在我心中复燃起来,热力和光明鼓荡着我:

"那样的家我是不想回去的。"

"那么飘流着,就这样飘流着?"弟弟的眼睛是深黑色的。

他的杯子留在左手里边，另一只手在桌面上手心向上翻张了开来，要在空间摸索着什么似的。最后他是捉住自己的领巾。我看着他在抖动的唇嘴："莹姐，我真担心你这个女浪人！"他牙齿好像更白了些，更大些，而且有力了，而且充满热情了。为热情而波动，他的嘴唇是那样的退去了颜色。并且他的全人有些近乎狂人，然而是安静的，完全被热情侵占着的。

出了咖啡店，我们在结着薄碎的冰雪上面踏着脚。

初冬，朝晨的红日扑着我们的头发，这样的红光使我感到欣快和寂寞。弟弟不住地在手下摇着帽子，肩头耸起了又落下了；心脏也是高了又低了。

渺小的同情者和被同情者离开了市街。

停在一个荒败的枣树园的前面时，他突然把很厚的手伸给了我，这是我们要告别了。

"我到学校去上课！"他脱开我的手向着和我相反的方向背转过去。可是走了几步，又转回来：

"莹姐，我看你还是回家的好！"

"那样的家我是不能回去的，我不愿意受和我站在两极端的父亲的豢养……"

"那么你要钱用吗？"

"不要的。"

"那么，你就这个样子吗？你瘦了！你快要生病了！你的衣服也太薄啊！"弟弟的眼睛是深黑色的，充满着祈祷和愿望。我们又握过手，分别向不同的方向走去。

太阳在我的脸面上闪闪耀耀，仍和未遇见弟弟以前一样，我穿着街头，我无目的地走。寒风，刺着喉头，时时要发作小小的咳嗽。

弟弟留给我的是深黑色的眼睛，这在我散漫与孤独的流荡人的心板上，怎能不微温了一个时刻？

1935年初冬

（原载于1936年1月5日《生活知识》）

访　问

　　这是寒带的，俄罗斯式的家屋：房身的一半是埋在地下，从外面看去，窗子几乎与地平线接近着。门厅是突出来的，和一个方形的亭子似的与房子接连着，门厅的外部，用毛草和麻布给它穿起了衣裳，就这样，门扇的边沿仍是挂着白色的霜雪。

　　只要你一踏进这家屋去，你立刻就会相信这是夏季，或者在你的感觉里面会出现一个比夏季更舒适的另外的一个季节，人在这家屋里边，只穿着单的衣裳，也还打开着领口，阳光在沙发上跳跃着，大火炉上，水壶的盖子为了水的滚煮的原故，克答克答的在响，窗台的花盆里生着绿色的毛绒草。总之，使人立刻就会放弃了对于冬季的怨恨和怕惧。

　　我来过这房屋三次，第一次我是来访我的朋友，可以说每次我都是来访我的朋友，在最末这一次我的来访是黄昏时候。在冬季的黄昏里，所有的房屋都呈现着灰白色，好像是出了林子的白兔，为了疲倦到处躺卧下来。

　　我察看了一下房号，在被遗留下来的太阳的微光里面那完全是模糊的，蓝色的牌子上面，并分辩不出写着什么字数。我察看着那突出来的门厅，然而每家的门厅都是一律。我虽然来过这房子两次，但那都是日里。我开始留心着窗口，我的朋友的窗口是摆着一盆浅绿色的毛绒草，于是我穿着这灰色天空下模糊的家屋而徘徊……

"唔！"门厅旁边嵌着的那块小玻璃，在我的记忆上恍了一下。我记得别的门厅是没有这块玻璃的。

我既认出了这个门厅，然而窗子里并没有灯光，我已经感到超过半数以上的失望！

"也许是睡觉了吧？可是这么早？"我打过门以后，并没有立刻走出人来，连回声也没有，只是狗在门里边叫着。

"可多？可多？"我听出来这是女房东的声音。谁？谁？自然她说的是俄语。

"请！请进来等一等……你的朋友，五点钟就回来的。"

方块糖，咖啡，还有她亲手制作的点心。她都拿出来陪着我吃。方块糖是从一个纸盒里面取出来的，她把手伸到纸盒的底边，一块一块攫了出来。

"唔，这是不很多，但是，吃……吃！"

起初她还时时去看那挂在墙上的手表。

"姑娘，请等一刻，五点钟，你的朋友是回来的，最多也不过六点钟……"

渐渐她把我看成完全是来访她的。她开始读一段书给我听，读得很长，并且使我完全不懂。

"明白了吗？姑娘……"

"不，不十分明白。"

"呵哈！"她摇一下那翠蓝色的大耳环，留恋和羡慕使她灰色的嘴唇不能够平顺的播送着每个字的尾音。

"明白吗？姑娘，多么出色的故事！多么……我见过真的这样的恋爱，真的，我也有过这样的恋爱。明白一点吗？还是全明白了？"

"不，我一点也不明白。"

但是她并不停下来给我解释，那摊在她膝头上的快要摊散的旧书，她用十个手指在把持着它。

"唔！吃茶吧！"大概她已经读到了段落。把书放在桌子上，用一块糖在分着书页的界线。

"咖啡，我是只预备这一点点，我来到中国，就从来没多预备过……可是我会绣花边了，从前我是连知道也不知道，现在我绣得很好了。你愿意看一看吗？我有各种各样的花边……俄罗斯的花边和俄罗斯的跳舞一样漂亮……有名的，是，全世界是知道的……"

我始终看成她是犹太人，她的头发虽然卷曲而是黑色，只有犹太人是这样的头发；同时她的大耳环也和犹太人的耳环一样，大而且沉重。

"不，姑娘，要看不要看呢？我想还是看一看的好……"她紧一紧那挂着穗子的披肩，想要站起来，但是椅背上像有什么东西牵着她的披肩。

"这是什么……这是……"那张椅子的靠背有许多弯弯曲曲的铁丝爬行着，并且在她摘取着挂在铁丝上的披肩时，那椅子吱吱的响起，好像要碎下来。

"姑娘，这花边吗！花边，花边……高贵的家庭需要花边的地方很多，比方……被套，女睡衣，窗帘，考究一点的主妇连饭巾也是钉起花边来的。多多的，用的地方多多的，赶快学一学吧！"

于是看到她的花边，但是一点也不出色，那上面已经染着灰尘，有的像是用水洗过，但是也没有洗净的样子，仿佛是些生着斑点的树叶连结了起来的。

"姑娘，学起来很快，你看我这盘机器，你会用机器吧！只要一个月，只要一个月……学费是三块钱……"

狗在床上跳来跳去，床已经显着颤动和发响。这狗时时会打断我们的谈话，它从床上跳到桌子上，又从桌子跳到窗台上去。这房间一切家具隔着过小的距离，床和窗子的距离中间摆着一张方桌——就是我们坐着喝茶的方桌——再就是大炉台，再就是脚下的痰盂。

"喝茶吧！这茶是不很好，我是到中国从来没预备过好茶。那么，吃饼干……"她把那盛饼干破了边沿的盘子向我这边推了推，于是她把眼睛几乎是合起来问着我："你不喜欢？你不喜欢吃这东西？"

我一边看着她那善于表情的样子，一边伸手去取茶杯，于是发现桌子上面只摆着一个杯子，我用眼满屋里寻找，但也没有第二只杯子。

我已经感到了疲倦，我想另一天再来访我的朋友，我站起来时，小狗扯住了我衣裳的襟角。

"看吧！姑娘，这狗最欢迎客人……再坐一坐，等一等，你的朋友大概就要回来的……我把火炉加一点木片……你看，我和狗一道生活着，也实在闷了，它直是跳着使我爱它，有时也使我厌烦它，但是它不会说话……虽然我发怒的时候它怕我，但它不知道我灵魂的颜色……"她打开了炉门，炉火在她的耳环上面拥抱，火光抖动着的热力好像增强了她黑色的头发的卷曲。她的胳臂在动作的时候，那披肩的一个角部要从肩上流了下来，小狗在萦卷她那金黄色披肩的穗头。

她说那是"非洲狗"，看起来简直和袋鼠一样，毛皮稀疏得和一条脱了鳞的鱼相似，但在火光里面，它已像增强了美丽，它活泼。它竖起来的和耗子一般的耳朵也透着明。

炉门闭起来了，灯光增添了它的强度。当她坐下来，把披肩整理好，又要谈下去的时候，小狗在窗台上撕扯着窗帘的角落……

她说到"宫廷"，说到"尼古拉"，她说到一些华贵的事物上去的时节，她的两臂都完全分张开，好像要在空中去环抱她所讲的一切。并且椅子也唧唧吱吱的响了起来。

"我吗！我此刻不算什么生活了，俄罗斯，我敢相信，俄罗斯的奴仆也没有像我这样过活的……贵人完全破坏得一点也不存在了……贵人完全被他们赶到中国和别的国去了……好生活，那里还有好生活？俄罗斯的伟大消灭了……"这时候她拾了一块饼干伏在手掌上，她眼睛黑色的睫毛很快的闪合了一下，嘴唇好像波浪似的开始荡动：

"你见过吗？这叫饼干，这是什么饼干呢？狗也怕不想吃这东西……"

于是她把她手掌上的小硬块向着那袋鼠一样的狗掷了过去，果然在玻璃窗上发出一声相撞的响声，狗的牙齿开始和饼干接触着好像开始和什么骨类接触着似的。

"姑娘,你知道,这不是俄罗斯的狗,俄罗斯没有这样下贱的狗。从前我是养过的,只吃肉和汤,其余什么也不吃,面包也不吃……"

后来又谈到咖啡,又谈到跳舞……

她做着姿式,在颤抖的地板上她还打了几个旋风……

"俄罗斯的跳舞和俄罗斯的花边一样有名,是全世界顶有名的……"她坐了下来,好像刚刚她恢复了的青春又从她滑了去:"可是关于花边,我要找几个学生,为的是生活,一点点的补助……你看,两个房子,我住在厨房里面,实在是小得可以……前几年我就教人做花边,可是慢慢少了下来……到现在简直没有人注意我……我来到中国十八年……不,十九年了,那年,我是二十二岁。刚结过婚……可是现在教花边了……是的……教花边了……。"

窗子的上角,一颗星从帘子的缝际透了进来,她去把帘子舒展了一次,她说:

"这不是俄罗斯的星光,请不要照我……"她摇着头,她的大耳环在她很细的颈部荡了几下,于是她伸出去那青白的手把那颗星光遮掩了起来。

我走出这俄罗斯式的家屋的时候,那黑色的非洲狗向我叫了几声。

"姑娘!花边……有什么人要学花边,请介绍一下……"

我想起了,我的朋友说过,她的房东是旧俄时代一个将军的女儿。

于是我们说着再见。我向街道走去,她却关了门。隔着门,我听她大声唤着:

"格宾克!格宾克!"这大概是那非洲狗的名字。

1936年1月7日

(原载于1936年1月19日《海燕》)

家庭教师

二十元票子，使他作了家庭教师。

这是第一天，他起得很早，并且脸上也像愉悦了些。我欢喜地跑到过道去倒脸水。心中埋藏不住这些愉快，使我一面折着被子，一面嘴里任意唱着什么歌的句子。而后坐到床沿，两腿轻轻地跳动，单衫的衣角在腿下面抖荡。我又跑出门外，看了几次那个提篮卖面包的人，我想他应该吃些点心吧，八点钟他要去教书，天寒，衣单，又空着肚子，那是不行的。

但是还不见那提着膨胀的篮子的人来到过道。

郎华作了家庭教师，大概他自己想也应该吃了。当我下楼时，他就自己在买，长形的大提篮已经摆在我们房间的门口。他仿佛是一个大蝎虎样，贪婪的，为着他的食欲，从篮子里往外捉取着面包、圆形的点心和"列巴圈"，他强健的两臂，好像要把整个篮子抱到房间里才能满足。最后他付过钱，下了最大的决心，舍弃了篮子，跑回房中来吃。

还不到八点钟，他就走了。九点钟刚过，他就回来。下午太阳快落时，他又去一次，一个钟头又回来。他已经慌慌忙忙像是生活有了意义似的。当他回来时，他带回一个小包袱，他说那是才从当铺取出的从前他当过的两件衣裳。他很有兴致地把一件长夹袍从包袱里解出来，还有一件小毛衣。

"你穿我的夹袍，我穿毛衣。"他吩咐着。

于是两个人各自赶快穿上。他的毛衣很合适。惟有我穿着他的夹袍，两只脚使我自己看不见，手被袖口吞没去，宽大的袖口，使我忽然感到我的肩膀一边挂好一个口袋，就是这样，我觉得很合适，很满足。

电灯照耀着满城市的人家。钞票带在我的衣袋里，就这样，两个人理直气壮地走在街上，穿过电车道，穿过扰攘着的那条破街。

一扇破碎的玻璃门，上面封了纸片，郎华拉开它，并且回头向我说："很好的小饭馆，洋车夫和一切工人全在这里吃饭。"

我跟着进去。里面摆着三张大桌子。我有点看不惯，好几部分食客都挤在一张桌上。屋子几乎要转不过来身。我想，让我坐在哪里呢？三张桌子都是满满的人。我在袖口外面捏了一下郎华的手说："一张空桌也没有，怎么吃？"

他说："在这里吃饭是随随便便的，有空就坐。"他比我自然得多，接着，他把帽子挂到墙壁上。堂倌走来，用他拿在手中已经擦满油腻的布巾抹了一下桌角，同时向旁边正在吃的那个人说："借光，借光。"

就这样，郎华坐在长板凳上那个人剩下来的一头。至于我呢，堂倌把掌柜独坐的那个圆板凳搬来，占据着大桌子的一头。我们好像存在也可以，不存在也可以似的。不一会，小小的菜碟摆上来。我看到一个小圆木砧上堆着煮熟的肉，郎华跑过去，向着木砧说了一声:"切半角钱的猪头肉。"

那个人把刀在围裙上,在那块脏布上抹了一下,熟练地挥动着刀在切肉。我想:他怎么知道那叫猪头肉呢?很快地我吃到猪头肉了。后来我又看见火炉上煮着一个大锅,我想要知道这锅里到底盛的是什么,然而当时我不敢,不好意思站起来满屋摆荡。

"你去看看吧。"

"那没有什么好吃的。"郎华一面去看,一面说。

正相反,锅虽然满挂着油腻,里面却是肉丸子。掌柜连忙说:"来一碗吧?"

我们没有立刻回答。掌柜又连忙说:"味道很好哩。"

我们怕的倒不是味道好不好,既然是肉的,一定要多花钱吧!我们面前摆了五六个小碟子,觉得菜已经够了。他看看我,我看看他。

"这么多菜,还是不要肉丸子吧。"我说。

"肉丸子还带汤。"我看他说这话,是愿意了,那么吃吧。一决心,肉丸子就端上来。

破玻璃门边,来来往往有人进出。戴破皮帽子的,穿破皮袄的,还有满身红绿的油匠,长胡子的老油匠,十二三岁尖嗓子的小油匠。

脚下有点潮湿得难过了。可是门仍不住地开关,人们仍是来来往往。一个岁数大一点的妇人,抱着孩子在门外乞讨,仅仅在人们开门时她说一声:"可怜可怜吧!给小孩点吃的吧!"然而她从不动手推门。后来大概她等到时间太长了,就跟着人们进来,停在门口,她还不敢把门关上,表示出她一得到什么东西很快就走的样子。忽然全屋充满了冷空气。郎华拿馒头正要给她，掌柜的摆着手："多得很，给不得。"

靠门的那个食客强关了门，已经把她赶出去了，并且说："真她妈的，冷死人，开着门还行！"

不知哪一个发了这一声："她是个老婆子，你把她推出去。若是个大姑娘，不抱住她，你也得多看她两眼。"

全屋人差不多都笑了，我却听不惯这话，我非常恼怒。

郎华为着猪头肉喝了一小壶酒，我也帮着喝。同桌的那个人只吃咸菜，喝稀饭，他结账时还不到一角钱。接着我们也结账：小菜每碟二分，五碟小菜，半角钱猪头肉，半角钱烧酒，丸子汤八分，外加八个大馒头。

走出饭馆，使人吃惊，冷空气立刻裹紧全身，高空闪烁着繁星。我们奔向有电车经过叮叮响的那条街口。

"吃饱没有？"他问。

"饱了。"我答。

经过街口卖零食的小亭子，我买了两块纸包糖，我一块，他一块，一面上楼，一面呧着糖的滋味。

"你真像个大口袋。"他吃饱了以后才向我说。

同时我打量着他，也非常不像样。在楼下大镜子前面，两个人照了好久。他的帽子仅仅扣住前额，后脑勺被忘记似的，离得帽子老远老远的独立着。很大的头，顶个小卷沿帽，最不相宜的就是这个小卷沿帽，在头顶上看起来十分不牢固，好像乌鸦落在房顶，有随时飞走的可能。别人送给他的那身学生服短而且宽。

走进房间，像两个大孩子似的，互相比着舌头，他吃的是红色的糖块,所以是红舌头,我是绿舌头。比完舌头之后,他忧愁起来,指甲在桌面上不住地敲响。

"你看,我当家庭教师有多么不带劲!来来往往冻得和个小叫花子似的。"

当他说话时,在桌上敲着的那只手的袖口已是破了,拖着线条。我想破了倒不要紧,可是冷怎么受呢?

长久的时间静默着,灯光照在两人脸上也不跳动一下,我说要给他缝缝袖口,明天要买针线。说到袖口,他警觉一般看一下袖口,脸上立刻浮现着幻想,并且嘴唇微微张开,不太自然似的,又不说什么。

关了灯,月光照在窗外,反映得全室微白。两人扯着一张被子,头下破书当做枕头。隔壁手风琴又咿咿呀呀地在诉说生之苦乐。乐器伴着他,他慢慢打开他幽禁的心灵了:

"敏子……这是敏子姑娘给我缝的。可是过去了,过去了就没有什么意义。我对你说过,那时候我疯狂了。直到最末一次信来,才算结束,结束就是说从那时起她不再给我来信了。这样意外的,相信也不能相信的事情,弄得我昏迷了许多日子……以前许多信都是写着爱我……甚至于说非爱我不可。最末一次信却骂起我来,直到现在我还不相信,可是事实是那样……"

他起来去拿毛衣给我看,"你看过桃色的线……是她缝的……敏子缝的……"

又灭了灯,隔壁的手风琴仍不停止。在说话里边他叫那个名字"敏子,敏子",都是喉头发着水声。

"很好看的,小眼眉很黑……嘴唇很……很红啊!"说到恰好的时候，在被子里边他紧紧捏了我一下手。我想：我又不是她。

"嘴唇通红通红……啊……"他仍说下去。

马蹄打在街石上一朵朵的响声。每个院落在想象中也都睡去。

1935年3月至5月间

（原载于1936年2月1日《中学生》）

广告员的梦想

有一个朋友到一家电影院去画广告,月薪四十元。画广告留给我一个很深的印象,我一面烧早饭一面看报,又有某个电影院招请广告员被我看到,立刻我动心了:我也可以吧?从前在学校时不也学过画吗?但不知月薪多少。

郎华回来吃饭,我对他说,他很不愿意作这事。他说:

"尽骗人。昨天别的报上登着一段招聘家庭教师的广告,我去接洽,其实去的人太多,招一个人,就要去十个,二十个……"

"去看看怕什么?不成完事。"

"我不去。"

"你不去我去。"

"你自己去?"

"我自己去!"

第二天早晨,我又留心那块广告,这回更能满足我的欲望。那广告又改登一次,月薪四十元,明明白白的是四十元。

"看一看去。不然,等着职业,职业会来吗?"我又向他说。

"要去吃了饭就去,我还有别的事。"这次他不很坚决了。

走在街上遇到他一个朋友。

"到哪里去?"

"接洽广告员的事情。"

"就是《国际协报》登的吗?"

"是的。"

"四十元啊!"这四十元他也注意到。

十字街商店高悬的大表还不到十一点钟,十二点才开始接洽。已经寻找得好疲乏了,已经不耐烦了,代替接洽的那个"商行"才寻到。指明的是石头道街,可是那个"商行"是在石头道街旁的一条顺街尾上,我们的眼睛缭乱起来。走进"商行"去,在一座很大的楼房二层楼上,刚看到一个长方形的亮铜牌钉在过道,还没看到究竟是个什么"商行",就有人截住我们:"什么事?"

"来接洽广告员的!"

"今天星期日,不办公。"

第二天再去的时候,还是有勇气的。是阴天,飞着清雪。那个"商行"的人说:"请到电影院本家去接洽吧。我们这里不替他们接洽了。"

郎华走出来就埋怨我:"这都是你主张,我说他们尽骗人,你不信!"

"怎么又怨我?"我也十分生气。

"不都是想当广告员吗?看你当吧!"

吵起来了。他觉得这是我的过错,我觉得他不应该同我生气。走路时,他在前面总比我快一些,他不愿意和我一起走的样子，好像我对事情没有眼光，使他讨厌的样子。冲突就这样越来越大，当时并不去怨恨那个"商行"或是那个电影院，只是他生气我，我生气他，真正的目的却丢开了。两个人吵着架回来。

第三天，我再不去了。我再也不提那事，仍是在火炉板上烘着手。他自己出去，戴着他的飞机帽。

"南岗那个人的武术不教了。"晚上他告诉我。

我知道就是那个人不学了。

第二天，他仍戴着他的飞机帽走了一天。到夜间，我也并没提起广告员的事。照样，第三天我也并没有提，我已经没有兴致想找那样的职业。可是他自动的，比我更留心，自己到那个电影院去过两次。

"我去过两次，第一回说经理不在，第二回说过几天再来吧。真他妈的！有什么劲，只为着四十元钱，就去给他们耍宝！画的什么广告？什么情火啦，艳史啦，甜蜜啦，真是无耻和肉麻！"

他发的议论，我是不回答的。他愤怒起来，好像有人非捉他去作广告员不可。

"你说，我们能干那样无聊的事？去他娘的吧！滚蛋吧！"他竟骂起来，跟着，他就骂起自己来："真是混蛋，不知耻的东西，自私的爬虫！"

直到睡觉时，他还没忘掉这件事，他还向我说："你说我们不是自私的爬虫是什么？只怕自己饿死，去画广告。画得好一点，不怕肉麻，多招来一些看情史的，使人们羡慕富丽，使人们一步一步地爬上去……就是这样只怕自己饿死，毒害多少人不管,人是自私的东西:……若有人每月给二百元,不是什么都干了吗?我们就是不能够推动历史,也不能站在相反的方面努力败坏历史!"他讲得使我也感动了。并且声音不自知地越讲越大,他已经开始更细的分析自己……

"你要小点声啊,房东那屋里常常有日本朋友来。"我说。

又是一天,我们在"中央大街"闲荡着,很瘦很高的老秦在他肩上拍了一下。冬天下午三四点钟时,已经快要黄昏了,阳光仅仅留在楼顶,渐渐微弱下来,街路完全在晚风中,就是行人道上,也有被吹起的霜雪扫着人们的腿。

冬天在行人道上遇见朋友,总是不把手套脱下来就握手的。那人的手套大概很凉吧,我见郎华的赤手握了一下就抽回来。我低下头去,顺便看到老秦的大皮鞋上撒着红绿的小斑点。

"你的鞋上怎么有颜料?"

他说他到电影院去画广告了。他又指给我们电影院就是眼前那个,他说:"我的事情很忙,四点钟下班,五点钟就要去画广告。你们可以不可以帮我一点忙?"

听了这话,郎华和我都没回答。

"五点钟我在卖票的地方等你们,你们一进门就能看见我。"老秦走开了。

晚饭吃的烤饼,差不多每张饼都半生就吃下的,为着忙,也没有到桌子上去吃,就围在炉边吃的。他的脸被火烤得通红。我是站着吃的。看一看新买的小表,五点了,所以连汤锅也没有盖起我们就走出了,汤在炉板上蒸着气。

不用说我是连一口汤也没喝,郎华已跑在我的前面。我一面弄好头上的帽子,一面追随着他。才要走出大门时,忽然想起火炉旁还堆着一堆木柴,怕着了火,又回去看了一趟。等我再出来的时候,他已跑到街口去了。

他说我:"做饭也不晓得快做!摸索,你看晚了吧!女人就会摸索,女人就能耽误事!"

可笑的内心起着矛盾。这行业不是干不得吗?怎么跑得这样快呢?他抢着跨进电影院的门去。我看他矛盾的样子,好像他的后脑勺也在起着矛盾,我几乎笑出来,跟着他进去了。

不知俄国人还是英国人,总之是大鼻子,站在售票处卖票。问他老秦,他说不知道。问别人,又不知道哪个人是电影院的人。等了半个钟头也不见老秦,又只好回家了。

他的学说一到家就生出来,照样生出来:"去他娘的吧!都是你愿意去。那不成,那不成啊!人,这自私的东西,多碰几个钉子也对。"

他到别处去了,留我一个人在家。

"你们怎么不去找找?"老秦一边脱着他的皮帽,一边说。

"还到哪里找去?等了半点钟也看不到你!"

"我们一同走吧。郎华呢?"

"他出去了。"

"那么我们先走吧。你就是帮我忙,每月四十元,你二十,我二十,均分。"

在广告牌前站到十点钟才回来。郎华找我两次也没有找到,所以他正在房中生气。这一夜,我和他就吵了半夜。他去买酒喝,我也抢着喝了一半,哭了,两个人都哭了。他醉了以后在地板上嚷着说：

"一看到职业，途径也不管就跑了，有职业，爱人也不要了！"

我是个很坏的女人吗？只为了二十元钱，把爱人气得在地板上滚着！醉酒的心，像有火烧，像有开水在滚，就是哭也不知道有什么要哭，已经失去了理智。他也和我同样。

第二天酒醒，是星期日。他同我去画了一天的广告。我是老秦的副手，他是我的副手。

第三天就没有去，电影院另请了别人。

广告员的梦到底做成了，但到底是碎了。

1935年3月至5月间

（原载于1936年3月1日《中学生》第63期，收入1936年8月上海生活出版社出版的《商市街》）

欧罗巴旅馆

  楼梯是那样长,好像让我顺着一条小道爬上天顶。其实只是三层楼,也实在无力了。手扶着楼栏,努力拔着两条颤颤的,不属于我似的腿,升上几步,手也开始和腿一般颤。

  等我走进那个房间的时候,和受辱的孩子似的偎上床去,用袖口慢慢擦着脸。他——郎华,我的情人,那时候他还是我的情人,他问我了:"你哭了吗?"

  "为什么哭呢?我擦的是汗呀,不是眼泪呀!"

  不知是几分钟过后,我才发现这个房间是如此的白,棚顶是斜坡的棚顶,除了一张床,地下有一张桌子,一围藤椅。离开床沿用不到两步可以摸到桌子和椅子。开门时,那更方便,一张门扇躺在床上可以打开。住在这白色的小室,我好像住在幔帐中一般。我口渴,我说:"我应该喝一点水吧!"

  他要为我倒水时,他非常着慌,两条眉毛好像要连接起来,在鼻子的上端扭动了好几下:"怎样喝呢?用什么喝?"

  桌子上除了一块洁白的桌布,干净得连灰尘都不存在。

  我有点昏迷,躺在床上听他和茶房在过道说了些时,又听到门响,他来到床边。我想他一定举着杯子在床边,却不,他的手两面却分张着:

"用什么喝？可以吧？用脸盆来喝吧！"

他去拿藤椅上放着才带来的脸盆时，手巾下面刷牙缸被他发现，于是拿着刷牙缸走去。

旅馆的过道是那样寂静，我听他踏着地板来了。

正在喝着水，一只手指抵在白床单上，我用发颤的手指抚来抚去。他说：

"你躺下吧！太累了。"

我躺下也是用手指抚来抚去，床单有突起的花纹，并且白得有些闪我的眼睛，心想：不错的，自己正是没有床单。我心想的话他却说出了！

"我想我们是要睡空床板的，现在连枕头都有。"说着，他拍打我枕在头下的枕头。

"咯咯——"有人打门，进来一个高大的俄国女茶房，身后又进来一个中国茶房：

"也租铺盖吗？"

"租的。"

"五角钱一天。"

"不租。""不租。"我也说不租，郎华也说不租。

那女人动手去收拾：软枕，床单，就连桌布她也从桌子扯下去。床单夹在她的腋下。一切都夹在她的腋下。一秒钟，这洁白的小室跟随她花色的包头巾一同消失去。

我虽然是腿颤，虽然肚子饿得那样空，我也要站起来，打开柳条箱去拿自己的被子。

小室被劫了一样，床上一张肿胀的草褥赤现在那里，破木桌一些黑点和白圈显露出来，大藤椅也好像跟着变了颜色。

晚饭以前，我们就在草褥上吻着抱着过的。

晚饭就在桌子上摆着，黑"列巴"和白盐。

晚饭以后，事件就开始了：

开门进来三四个人，黑衣裳，挂着枪，挂着刀。进来先拿住郎华的两臂，他正赤着胸膛在洗脸，两手还是湿着。他们那些人，把箱子弄开，翻扬了一阵：

"旅馆报告你带枪，没带吗？"那个挂刀的人问。随后那人在床下扒得了一个长纸卷，里面卷的是一支剑。他打开，抖着剑柄的红穗头：

"你那里来的这个？"

停在门口那个去报告的俄国管事，挥着手，急得涨红了脸。

警察要带郎华到局子里去。他也预备跟他们去，嘴里不住地说："为什么单独用这种方式检查我？防害我？"

最后警察温和下来，他的两臂被放开，可是他忘记了穿衣裳，他湿水的手也干了。

原因日间那白俄来取房钱，一日两元，一月六十元。我们只有五元钱。马车钱来时去掉五角。那白俄说：

"你的房钱，给！"他好像知道我们没有钱似的，他好像是很着忙，怕是我们跑走一样。他拿到手中两元票子又说："六十元一月，明天给！"原来包租一月三十元，为了松花江涨水才有这样的房价。如此，他摇手瞪眼的说："你的明天搬走，你的明天走！"

郎华说："不走，不走……"

"不走不行,我是经理。"

郎华从床下取出剑来,指着白俄:

"你快给我走开,不然,我宰了你。"

他慌张着跑出去了,去报告警察,说我们带着凶器,其实剑裹在纸里,那人以为是大枪,而不知是一支剑。

结果警察带剑走了,他说:"日本宪兵若是发现你有剑,那你非吃亏不可,了不得的,说你是大刀会。我替你寄存一夜,明天你来取。"

警察走了以后,闭了灯,锁上门,街灯的光亮从小窗口跑下来,凄凄淡淡的,我们睡了。在睡中不住想:警察是中国人,倒比日本宪兵强得多啊!

天明了,是第二天,从朋友处被逐出来是第二天了。

1935年3月至5月间

(原载于1936年7月1日《文季月刊》)

同命运的小鱼

我们的小鱼死了。它从盆中跳出来死的。

我后悔,为什么要出去那么久!为什么只贪图自己的快乐而把小鱼干死了!

那天鱼放到盆中去洗的时候,有两条又活了,在水中立起身来。那么只用那三条死的来烧菜。鱼鳞一片一片的掀掉,沉到水盆底去,肚子剥开,肠子流出来。我只管掀掉鱼鳞,我还没有洗过鱼,这是试着干,所以有点害怕,并且冰凉的鱼的身子,我总会联想到蛇,剥鱼肚子我更不敢了。郎华剥着,我就在旁边看,然而看也有点躲躲闪闪,好像乡下没有教养的孩子怕着已死的猫会还魂一般地。

"你看你这个无用的,连鱼都怕。"说着,他把已经收拾干净的鱼放下,又剥第二个鱼肚子。这回鱼有点动,我连忙扯了他的肩膀一下:"鱼活啦,鱼活啦!"

"什么活啦!神经质的人,你就看着好啦!"他争强一般在鱼肚子上划了一刀,鱼立刻跳动起来,从手上跳下水盆去。

"怎么办哪?"这回他向我说了。我也不知道怎么办。他从水中摸出来看看,好像鱼会咬了他的手,马上又丢下水去。鱼的肠子流在外面一半,鱼是死了。

"反正也是死啦,那就吃了它。"

鱼再被拿到手上,一些也不动弹。他又安然的把它收拾干净。直到第三条鱼收拾完,我都是守候在旁边,怕看,又想看。第三条鱼是全死的,没有动。盆中更小的一条很活泼了,在盆中转圈。另一条怕是要死,立起不多时又横在水面。

大炉的铁板热起来,我的脸感觉烤痛时,锅中的油翻着花。鱼就在大炉台的菜板上,就要放到油锅里去。我跑到二层门去拿油瓶,听得厨房里有什么东西跳起来,噼噼啪啪的。他也来看。盆中的鱼仍在游着,那么菜板上的鱼活了,没有肚子的鱼活了,尾巴仍打得菜板很响。

这时我不知该怎样做,我怕看那悲惨的东西。躲到门口,我想:不吃这鱼吧。然而它已经没有肚子了,可怎样再活?我的眼泪都跑上眼睛来,再不能看了。我转过身去,面向着窗子。窗外的小狗正在追逐那红毛鸡,房东的使女小菊挨过打以后到墙根处去哭……

这是凶残的世界,失去了人性的世界,用暴力毁灭了它吧!毁灭了这些失去了人性的东西!

晚饭的鱼是吃的,可是很腥,我们吃得很少,全部丢到垃圾箱去。

剩下来两条活的就在盆里游泳,夜间睡醒时,听见厨房里有乒乓的水声。点起洋烛去看一下。可是我不敢去,叫郎华去看。

"盆里的鱼死了一条,另一条鱼在游水响……"

到早晨,用报纸把它包起来,丢到垃圾箱去。只剩一条在水中上下游着,又为它换了一盆水,早饭时又丢了一些饭粒给它。

小鱼两天都是快活的,到第三天忧郁起来,看了几次它都是沉到盆底。

"小鱼都不吃食啦,大概要死吧?"我告诉郎华。

他敲一下盆沿,小鱼走动两步,再敲一下,再走动两步⋯⋯不敲,它就不走,它就沉下去。

又过一天,小鱼的尾巴也不摇了,就是敲盆沿,它也不动一动尾巴。

"把它送到江里一定能好,不会死。它一定是感到不自由才忧愁起来!"

"怎么送呢?大江还没有开冻,就是能找到一个冰洞把它塞下去,我看也要冻死,再不然也要饿死。"我说。

郎华笑了。他说我像玩鸟的人一样,把鸟放在笼子里,给它米子吃,就说它没有悲哀了,就说比在山里好得多,不会冻死,不会饿死。

"有谁不爱自由呢?海洋爱自由,野兽爱自由,昆虫也爱自由。"郎华又敲了一下水盆。

小鱼只悲哀了两天,又畅快起来,尾巴打着水响。我每天在大炉旁边烧饭,一边看着它,好像生过病又好起来的自己的孩子似的,更珍贵一点,更爱惜一点。天真太冷,打算过了冷天就把它放到江里去。

我们每夜到朋友那里去玩,小鱼就自己在厨房里过个整夜。它什么也不知道,它也不怕猫会把它攫了去,它也不怕耗子会使它惊跳。我们半夜回来也要看看,它总是安安然然的游着。家里没有猫,知道它没有危险。

又一天就在朋友那里过的夜,终夜是跳舞,唱戏。第二天晚上才回来。时间太长了,我们的小鱼死了!

第一步踏进门的是郎华,差一点没踏碎那小鱼。点起洋烛去看,还有一点呼吸,腮还轻轻抽着。我去摸它身上的鳞,都干了。小鱼是什么时候跳出水的?是半夜?是黄昏?耗子惊了你,还是你听到了猫叫?

蜡油滴了满地,我举着蜡烛的手,不知歪斜到什么程度。

屏着呼吸,我把鱼从地板上拾起来,再慢慢把它送到水里,好像亲手让我完成一件丧仪。沉重的悲哀压住了我的头,寒颤了我的手。

短命的小鱼死了!是谁把你摧残死的?你还那样幼小,来到世界——说你来到鱼群吧,在鱼群中你还是幼芽一般正应该生长的,可是你死了!

郎华出去了,把空漠的屋子留给我。他回来时正在开门,我就赶上去说:"小鱼没死,小鱼又活啦!"我一面拍着手,眼泪就要流出来。我到桌子上去取蜡烛。他敲着盆沿,没有动,鱼又不动了。

"怎么又不会动了?"手到水里去把鱼立起来,可是它又横过去。

"站起来吧。你看蜡油啊!……"他拉我离开盆边。

小鱼这回是真死了!可是过一会又活了。这回我们相信小鱼绝对不会死,离开水的时间太长,复一复原就会好的。

半夜郎华起来看,说它一点也不动了,但是不怕,那一定是又在休息。我招呼郎华不要动它,小鱼在养病,不要搅扰它。

亮天看它还在休息,吃过早饭看它还在休息。又把饭粒丢到盆中。我的脚踏起地板来也放轻些,只怕把它惊醒,我说小鱼是在睡觉。

这睡觉就再没有醒。我用报纸包它起来,鱼鳞沁着血,一只眼睛一定是在地板上挣跳时弄破的。

就这样吧,我送它到垃圾箱去。

1935年3月至5月间

(收入1936年8月上海生活出版社出版的《商市街》)

春意挂上了树梢

三月，花还没有开，人们嗅不到花香，只是马路上融化了积雪的泥泞干起来。天空打起朦胧的多有春意的云彩；暖风和轻纱一般浮动在街道上，院子里。春末了，关外的人们才知道春来。春是来了，街头的白杨树穿着芽，拖马车的马冒着气，马车夫们的大毡靴也不见了，行人道上外国女人的脚又从长筒套鞋里显现出来。笑声，见面打招呼声，又复活在行人道上。商店为着快快地传播春天的感觉，饰窗里的花已经开了，草也绿了，那是布置着公园的夏景。我看得很凝神的时候，有人撞了我一下，是汪林，她也戴着那样小沿的帽子。

"天真暖啦！走路都有点热。"

看着她转过"商市街"，我们才来到另一家店铺，并不是买什么，只是看看，同时晒晒太阳。这样好的行人道，有树，也有椅子，坐在椅子上，把眼睛闭起，一切春的梦，春的谜，春的暖力……这一切把自己完全陷进去。听着，听着吧！春在歌唱……

"大爷，大奶奶……帮帮吧！……"这是什么歌呢，从背后来的？这不是春天的歌吧！

那个叫花子嘴里吃着个烂梨，一条腿和一只脚肿得把另一只显得好像不存在似的。

"我的腿冻坏啦！大爷，帮帮吧！唉唉……！"

有谁还记得冬天？阳光这样暖了！街树穿着芽！

手风琴在隔道唱起来，这也不是春天的调子，只要一看到那个瞎人为着拉琴而扭歪的头，就觉得很残忍。瞎人他摸不到春天，他没有眼睛。坏了腿的人，他走不到春天，他有腿也等于无腿。

世界上这一些不幸的人存在着也等于不存在，倒不如赶早把他们消灭掉，免得在春天他们会唱这样难听的歌。

汪林在院心吸着一支烟卷，她又换一套衣裳。那是淡绿色的，和树枝发出的芽一样的颜色。她腋下夹着一封信，看见我们，赶忙把信送进衣袋去。

"大概又是情书吧！"郎华随便说着玩笑话。

她跑进屋去了。香烟的烟缕在门外打了一下旋卷才消灭。

夜，春夜，中央大街充满了音乐的夜。流浪人的音乐，日本舞场的音乐，外国饭店的音乐……

七点钟以后。中央大街的中段，在一条横口，那个很响的扩音机哇哇的叫起来，这歌声差不多响彻全街。若站在商店的玻璃窗前，会疑心是从玻璃发着震响。一条完全在风雪里寂寞的大街，今天第一次又嚎叫起来。

外国人！绅士样的，流氓样的，老婆子，少女们，跑了满街……有的连起人排来封闭住商店的窗子，但这只限于年青人。也有的同唱机一样唱起来，但这也只限于年青人。这好像特有的年青人的集会。他们和姑娘们一道说笑，和姑娘们连起排来走。中国人来混在这些卷发人中间，少得只有七分之一，或八分之一。但是汪林在其中，我们又遇到她。她和另一个也和她同样打扮得漂亮的、白脸的女人同走……卷发的人用俄国话说她漂亮，她也用俄国话和他们笑了一阵。

中央大街的南端，人渐渐稀疏了。

墙根，转角，都发现着哀哭，老头子，孩子，母亲们……哀哭着的是永久被人间遗弃的人们！

那边，还望得见那边快乐的人群。还听得见那边快乐的声音。

三月，花还没有，人们嗅不到花香。

夜的街，树枝上嫩绿的芽子看不见，是冬天吧？是秋天吧？但快乐的人们不问四季总是快乐，哀哭的人们不问四季也总是哀哭！

1935年3月至5月间

（收入1936年8月上海生活出版社出版的《商市街》）

册　子

　　永远不安定下来的洋烛的火光使眼睛痛了。抄写，抄写……
　　"几千字了？"
　　"才三千多。"
　　"不手疼吗？休息休息吧，别弄坏了眼睛。"郎华打着呵欠到床边，两只手相交着依在头后，背脊靠着铁床的钢骨。我还没停下来，笔尖在纸上作出响声……
　　纱窗外阵阵起着狗叫，很响的皮鞋，人们的脚步从大门道来近。不自禁的恐怖落在我的心上。
　　"谁来了，你出去看看。"
　　郎华开了门，李和陈成进来。他们是剧团的同志，带来的一定是剧本。我没接过来看，让他们随便坐在床边。
　　"吟真忙，又在写什么？"
　　"没有写，抄一点什么。"我又拿起笔来抄。
　　他们的谈话，我一句半句地听到一点，我的神经开始不能统一，时时写出错字来，或是丢掉字，或是写重字。
　　蚊虫啄着我的脚面，后来在灯下作着阵，我才放下不写。
　　呵呀呀，蚊虫满屋了！门扇仍大开着。一个小狗崽溜走进来，又卷着尾巴跑出去。关起门来，蚊虫仍是飞……我用手搔着作痒的耳边,搔着腿和脚……手指的骨节搔得肿胀起来,这些中了蚊毒的地方,使我已经发酸的手腕不得不停下。我的嘴唇肿得很高,眼边也感到发热和紧涨。这里搔搔,那里搔搔,我的手感到不够用了。

"册子怎么样啦?"李的烟卷在嘴上冒烟。

"只剩这一篇。"郎华回答。

"封面是什么样子?"

"就是等着封面呢……"

第二天,我也跟着跑到印刷局去。使我特别高兴,折得很整齐的一帖一帖的都是要完成的册子,比儿时母亲为我制一件新衣裳更觉欢喜。……我又到排铅字的工人旁边,他手下按住的正是一个题目,很大的铅字,方的,带来无限的感情,那正是我的那篇《夜风》。

那天预先吃了一顿外国包子,郎华说他为着册子来敬祝我,所以到柜台前叫那人倒了两小杯"哦特克"酒。我说这是为着册子敬祝他。

被大欢喜追逐着,我们变成孩子了!走进公园,在大树下乘了一刻凉,觉得公园是满足的地方。望着树梢顶边的天。外国孩子们在地面弄着沙土。因为还是上午,游园的人不多,日本女人撑着伞走。卖"冰激(淇)凌"的小板房里洗刷着杯子。我忽然觉得渴了,但那一排排的透明的汽水瓶子,并不引诱我们。我还没有养成那样的习惯,在公园还没喝过一次那样东西。

"我们回家去喝水吧。"只有回家去喝冷水,家里的冷水才不要钱。

拉开第一扇门,大草帽被震落下来。喝完了水,我提议戴上大草帽到江边走走。

赤着脚,郎华穿的是短裤,我穿的是小短裙子,向江边出发了。

两个人渔翁似的,时时在沿街玻璃窗上反映着。

"划小船吧,多么好的天气!"到了江边我又提议。

"就剩两角钱……但也可以划,都花了吧!"

择一个船底铺着青草的、有两副桨的船。和船夫说明,一点钟一角五分。并没打算洗澡,连洗澡的衣裳也没有穿。船夫给推开了船,我们向江心去了。两副桨翻着,顺水下流,好像江岸在退走。我们不是故意去寻,任意遇到了一个沙洲,有两方丈的沙滩突出江心,郎华勇敢的先跳上沙滩,我胆怯,迟疑着,怕沙洲会沉下江底。

最后洗澡了,就在沙洲上脱掉衣服。郎华是完全脱的。我看了看江沿洗衣人的面孔是辨不出的,那么我借了船身的遮掩,才爬下水底把衣服脱掉。我时时靠近沙滩,怕水流把我带走。江浪击撞着船底,我拉住船板,头在水上,身子在水里,水光,天光,离开了人间一般地。当我躺在沙滩晒太阳时,从北面来了一只小划船。我慌张起来,穿衣裳已经来不及,怎么好呢?爬下水去吧!船走过,我又爬上来。

我穿好衣服。郎华还没穿好。他找他的衬衫,他说他的衬衫洗完了就挂在船板上,结果找不到。远处有白色的东西浮着,他想一定是他的衬衫了。划船去追白色的东西,那白东西走得很慢,那是一条鱼,死掉的白色的鱼。

虽然丢了衬衫并不感到可惜,郎华赤着膀子大嚷大笑地把鱼捉上来,大概他觉得在江上能够捉到鱼是一件很有本领的事。

"晚饭就吃这条鱼,你给煎煎它。"

"死鱼不能吃的,大概臭了。"

他赶快把鱼鳃掀给我看:"你看,你看,这样红就会臭的?"

直到上岸,他才静下去。

"我怎么办呢!光着膀子,在中央大街上可怎样走?"他完全静下去了,大概这时候忘了他的鱼。

我跑到家去拿了衣裳回来,满头流着汗。可是,他在江沿和码头夫们在一起喝茶了。在那个样的布棚下吹着江风。他第一句和我说的话,想来是:"你热吧?"

但他不是问我,他先问鱼:"你把鱼放在那里啦?用凉水泡上没有?"

"五分钱给我!"我要买醋,煎鱼要用醋的。

"一个铜板也没剩,我喝了茶,你不知道?"

被大欢喜追逐着的两个人把所有的钱用掉,把衬衣丢到大江,换得一条死鱼。

等到吃鱼的时候,郎华又说:"为着册子,我请你吃鱼。"

这是我们创作的一个阶段,最前的一个阶段,册子就是划分这个阶段的东西。

八月十四日,家家准备着过节的那天。我们到印刷局去,自己开始装订,装订了一整天。郎华用拳头打着背,我也感到背痛。

于是郎华跑出去叫来一部斗车，一百本册子提上车去。就在夕阳中，马脖子上颠动着很响的铃子，走在回家的道上。

家里，地板上摆着册子，朋友们手里拿着册子，谈论也是册子。同时关于册子出了谣言：没收啦！日本宪兵队要逮捕啦！

逮捕可没有逮捕，没收是真的。送到书店去的书，没有几天就被禁止发卖了。

1935年3月至5月间

（收入1936年8月上海生活出版社出版的《商市街》）

剧 团

册子带来了恐怖,黄昏时候,我们排完了剧,和剧团那些人出了"民众教育馆",恐怖使我对于家有点不安。街灯亮起来,进院,那些人跟在我们后面。门扇,窗子和每日一样安然的关着。我十分放心,知道家中没有来过什么恶物。

失望了,开门的钥匙由郎华带着,于是大家只好坐在窗下的楼梯口。李买的香瓜,大家就吃香瓜。

汪林照样吸着烟。她掀起纱窗帘向我们这边笑了笑。陈成把一个香瓜高举起来。

"不要。"她摇头,隔着玻璃窗说。

我一点趣味也感不到,一直到他们把公演的事情议论完,我想的事情还没停下来。我愿意他们快快走,我好收拾箱子,好像箱子里面藏着什么使我和郎华犯罪的东西。

那些人走了,郎华从床底把箱子拉出来,洋烛立在地板上,我们开始收拾了。弄了满地纸片,什么犯罪的东西也没有。但不敢自信,怕书页里边夹着骂"满洲国"的,或是骂什么的字迹,所以每册书都翻了一遍。一切收拾好,箱子是空空洞洞的了。一张高尔基的照片,也把它烧掉。大火炉烧得烤痛人的面孔。我烧得很快,日本宪兵就要来捉人似的。

当我们坐下来喝茶的时候，当然是十分定心了，十分有把握了。一张吸墨纸我无意的玩弄着，我把腰挺得很直，很大方的样子，我的心像被拉满的弓放了下来一般的松适。我细看红铅笔在吸墨纸上写的字，那字正是犯法的字：

——小日本子，走狗，他妈的"满洲国"……

我连再看一遍也没有看，就送到火炉里边。

"吸墨纸啊！是吸墨纸！"郎华可惜得跺着脚。等他发觉那已开始烧起了："那样大一张吸墨纸你烧掉它，烧花眼了？什么都烧，看你用什么！"

他过于可惜那张吸墨纸。我看他那种样子也很生气。吸墨纸重要，还是拿生命去开玩笑重要？

"为着一个虱子烧掉一件棉袄！"郎华骂我，"那你就不会把字剪掉？"

我哪想起来这样做！真傻，为着一块疮疤丢掉一个苹果！

我们把"满洲国"建国纪念明信片摆到桌上，那是朋友送给的，很厚的一打。还有两本上面写着"满洲国"字样的不知是什么书，连看也没有看也摆起来。桌子上面很有意思：《离骚》，《李后主词》，《石达开日记》，他当家庭教师用的小学算术教本。一本《世界各国革命史》也从桌子抽下去，郎华说那上面载着日本怎样压迫朝鲜的历史，所以不能摆在外面。我一听说有这种重要性，马上就要去烧掉，我已经站起来了，郎华把我按下："疯了吗？你疯了吗？"

我就一声不响了，一直到灭了灯睡下，连呼吸也不能呼吸似的。在黑暗中我把眼睛张得很大。院中的狗叫声也多起来。大门扇响得也利害了。总之，一切能发声的东西都比平常发的声音要高，平常不会响的东西也被我新发现着，棚顶发着响，洋瓦房盖被风吹着也响，响，响……

郎华按住我的胸口……我的不会说话的胸口。铁大门震响了一下，我跳了一下。

"不要怕，我们有什么呢？什么也没有。谣传不要太认真。他妈的，哪天捉去哪天算！睡吧，睡不足，明天要头疼的……"

他按住我的胸口。好像给恶梦惊醒的孩子似的，心在母亲的手下大跳着。

有一天，到一家影戏院去试剧，散散杂杂的这一些人，从我们的小房出发。

全体都到齐，只少了个徐志，他一次也没有不到过，要试演他就不到，大家以为他病了。

很大的舞台，很漂亮的垂幕。我扮演的是一个老太婆的角色，还要我哭，还要我生病。把四个椅子拼成一张床，试一试倒下去，我的腰部触得很疼。

先试给影戏院老板看的，是郎华饰的《小偷》中的杰姆和李饰的律师夫人对话的那一幕。我是另外一个剧本，还没挨到我，大家就退出影戏院了。

因为条件不合，没能公演。大家等待机会，同时每个人发着疑问：公演不成吧？

三个剧排了三个月，若说演不出，总有点可惜。

"关于你们册子的风声怎么样？"

"没有什么。怕狼，怕虎是不行的。这年头只得碰上什么算什么……"郎华是刚强的。

1935年3月至5月间

（收入1936年8月上海生活出版社出版的《商市街》）

白面孔

恐怖压到剧团的头上，陈成的白面孔在月光下更白了。这种白色使人感到事件的严重。落过秋雨的街道，脚在街石上发着拔拔的声音，李，郎华，我们四个人走过很长的一条街。李说："徐志，我们那天去试演，他不是没有到吗？被捕一个礼拜了！我们还不知道……"

"不要说。在街上不要说。"我撞动她的肩头。

鬼祟的样子，郎华和陈成一队，我和李一队。假如有人走在后面，还不等那人注意我，我就先注意他，好像人人都知道我们这回事。街灯也变了颜色，其实我们没有注意到街灯，只是紧张的走着。

李和陈成是来给我们报信，听说剧团人老柏已经三天不敢回家，有密探等在他的门口，他在准备逃跑。

我们去找胖朋友，胖朋友又有什么办法？他说："××科里面的事情非常秘密，我不知道这事，我还没有听说。"他在屋里转着弯子。

回到家锁了门，又在收拾书箱，明知道没有什么可收拾的，但本能的要收拾。后来，也把那一些册子从过道拿到后面杵子房去，看到册子并不喜欢，反而感到累赘了！

老秦的面孔也白起来，那是在街上第二天遇见他。我们没说什么，因为郎华早已通知他这事件。

没有什么办法，逃，没有路费，逃又逃到什么地方去？不安定的生活又重新开始。从前是闹着饿，刚能弄得饭吃，又闹着恐怖。好像从来未遇过的恶的传闻和事实都在这时来到：日本宪兵队前夜捉去了谁，昨夜捉去了谁……听昨天被捉去的人与剧团又有关系……

耳孔里塞满了这一些，走在街上也是非常不安。在中央大街的中段，竟有这样突然的事情——郎华被一个很瘦的高个子在肩上拍了一下，就带着他走了！转弯走向横街去，郎华也一声不响的就跟他走，也好像莫名其妙的脱开我就跟他去……起先我的视线被电影院门前的人们遮断，但我并不怎样心跳，那人和郎华很密切的样子，肩贴着肩，踱过来，但一点感情也没有，又踱过去……这次走了许多工夫就没再转回来。我想这是用的什么计策吧？把他弄上圈套。

结果不是要捉他，那是他的一个熟人，多么可笑的熟人呀！太突然了！神经衰弱的人会吓出神经病来。——唉呀危险，你们剧团里人捕去了两个了……在街上他竟弄出这样一个奇特的样子来，他不断的说："你们应该预备预备。"

"我预备什么？怕也不成，遇上算。"郎华的肩连摇也不摇地说。

这几天发生的事情极多。做编辑的朋友陵也跑掉了。汪林喝过酒的白面孔也出现在院心。她说她醉了一夜，她说陵前夜怎样送她到家门，怎样要去了她一把削瓜皮的小刀……她一面说着，一面幻想,脸孔也是白的。好像不好的事情都一起发生,朋友们变了样。汪林在院子里走来走去,也变了样。

只失掉了剧员徐志,剧团的事就在恐怖中不再提起了。

1935年3月至5月间

(收入1936年8月上海生活出版社出版的《商市街》)

拍卖家具

似乎带着伤心，我们到厨房验查一下，水壶，水桶，小锅这一些都要卖掉，但是并不是第一次验查，从想走那天起，我就跑到厨房来计算，三角二角，不知道这样计算多少回，总之一提起"走"字来便去计算，现在可真的要出卖了。

旧货商人就等在门外。

他估着价：水壶，面板，水桶，蓝瓷锅，三只饭碗，酱油瓶子，豆油瓶子，一共值五角钱。

我们没有答话，意思是不想卖了。

"五毛钱不少。你看这锅漏啦！水桶是旧水桶，买这东西也不过几毛钱，面板这块板子，我买它没有用，饭碗也不值钱……"他一只手向上摇着，另一只手翻着摆在地上的东西，他很看不起这东西："这还值钱？这还值钱？"

"不值钱，我也不卖。你走吧！"

"这锅漏啦！漏锅……"他的手来复得推动锅底，嘭响一声，再嘭响一声。

我怕他把锅底给弄掉下来，我很不愿意："不卖了，你走吧！"

"你看这是废货，我买它卖不出钱来。"

我说:"天天烧饭,哪里漏呢?"

"不漏,眼看就要漏,你摸摸这锅底有多么薄?"最后,他又在小锅底上很留恋地敲了两下。

小锅第二天早晨又用它烧了一次饭吃,这是最后的一次。我伤心,明天它就要离开我们到别人家去了!永远不会再遇见,我们的小锅。没有钱买米的时候,我们用它盛着开水来喝;有米太少的时候,就用它煮稀饭给我们吃。现在它要去了!

共患难的小锅呀!与我们别开,伤心不伤心?

旧棉被、旧鞋和袜子,卖空了!空了…

还有一只剑,我也想起拍卖它,郎华说:

"送给我的学生吧!因为剑上刻着我的名字,卖是不方便的。"

前天,他的学生听说老师要走,哭了。

正是练武术的时候,那孩子手举着大刀,流着眼泪。

1935年3月至5月间

(收入1936年8月上海生活出版社出版的《商市街》)

最后的一星期

刚下过雨,我们踏着水淋的街道,在中央大街上徘徊,到江边去呢?还是到那里去呢?

天空的云还没有散,街头的行人还是那样稀疏,任意走,但是再不能走了。

"郎华,我们应该规定个日子,那天走呢?"

"现在三号,十三号吧!还有十天,怎么样?"

我突然站住,受惊一般地,哈尔滨要与我们别离了!还有十天,十天以后的日子,我们要过在车上,海上,看不见松花江了,只要"满洲国"存在一天,我们是不能来到这块土地。

李和陈成也来了,好像我们走,是应该走。

"还有七天,走了好啊!"陈成说。

为着我们走,老张请我们吃饭,吃过饭以后,又去逛公园。在公园又吃冰激凌,无论怎样总感到另一种滋味,公园的大树,公园夏日的风,沙土,花草,水池,假山,山顶的凉亭,……这一切和往日两样,我没有像往日那样到公园里乱跑,我是安安静静的走,脚下的沙土慢慢的在响。

夜晚屋中又剩了我一个人,郎华的学生跑到窗前,他偷偷观察着我,他在窗前走来走去,假装着闲走来观察我,来观察这屋中的事情，观察不足，于是问了：

"我老师上那里去了？"

"找他做什么？"

"找我老师上课。"

其实那孩子平日就不愿意上课，他觉得老师这屋有个景况：怎么这些日子卖起东西来，旧棉花，破皮褥子……

要搬家吧！那孩子不能确定是怎么回事。他跑回去又把小菊也找出来，那女孩和他一般大，当然也觉得其中有个景况。我把灯闭下了，要收拾的东西，暂时也不收拾了！

躺在床上，摸摸墙壁，又摸摸床边，现在这还是我所接触的，再过七天，这一些都别开了。

小锅，小水壶，终归被旧货商人所提走，在商人手里发着响，闪着光，走出门去！那是前年冬天郎华从破烂市买回来的。现在又将回到破烂市去。

卖掉小水壶，我的心情更不能压制住。不是用的自己的腿似的，到木桦房去看看许多木桦还没有烧尽，是卖呢？是送朋友？门后还有个电炉，还有双破鞋。

大炉台上失掉了锅，失掉了壶，不像个厨房样。

一个星期已经过去四天，心情随着时间更烦乱起来。也不能在家烧饭吃，到外面去吃，到朋友家去吃。

看到别人家的小锅，就想起卖掉的小锅，吃饭也不能安定。后来睡觉也不能安定。

"明早六点钟就起来拉床，要早点起来。"

郎华说这话，觉得走是逼近了！必定得走了。好像郎华如不说，就不走了似的。

夜里想睡也睡不安。太阳还没出来，铁大门就响起来，我怕着，这声音要夺去我的心似的，昏茫的坐起来。郎华就跳下床去，两个人从床上往下拉着被子、褥子。枕头摔在脚上，忙忙乱乱，有人打着门，院子里的狗乱咬着。

马颈的铃铛就响在窗外，这样的早晨已经过去，我们遭了恶祸一般，屋子空空的了。

我把行李铺了铺就睡在地板上。为了多日的病和不安，身体弱的快要支持不住的样子。郎华跑到江边去洗他的衬衫，他回来看到我还没有起来，他就生气：

"不管什么时候，总是懒。起来，收拾收拾，该随手拿走的东西，就先把它拿走。"

"有什么收拾的，都已收拾好。我再睡一会，天还早，昨夜我失眠了。"我的腿痛，腰痛，又要犯病的样子。

"要睡，收拾干净再睡，起来！"

铺在地板上的小行李也卷起来了。墙壁从四面直垂下来，棚顶一块块发着微黑的地方，是长时间点蜡烛被烛烟所熏黑的。说话的声音有些轰响。空了！在屋子里边走起来很旷荡……

还吃最后的一次早餐——面包和肠子。

我手提个包袱。郎华说：

"走吧！"他推开了门。

这正像乍搬到这房子郎华说"进去吧"一样，门开着我出来了，我腿发抖，心往下沉坠，忍不住这从没有落下来的眼泪，是哭的时候了！应该流一流眼泪。

我没有回转一次头走出大门,别了家屋!街车,行人,小店铺,行人道旁的杨树。转角了!
　　别了,"商市街"!
　　小包袱在手上挂着。我们顺了中央大街南去。

1935年5月15日上海

(收入1936年8月上海生活出版社出版的《商市街》)

一个南方的姑娘

郎华告诉我一件新的事情，他去学开汽车回来的第一句话说：

"新认识一个朋友，她从上海来，是中学生。过两天还要到家里来。"

第三天，外面打着门了！我先看到的是她头上扎着漂亮的红带，她说她来访我。老王在前面引着她。大家谈起来，差不多我没有说话，我听着别人说。

"我到此地四十天了！我的北方话还说不好，大概听得懂吧！老王是我到此地才认识的。那天巧得很，我看报上为着戏剧在开着笔战，署名郎华的我同情他……我同朋友们说：这位郎华先生是谁？论文作得很好。因为老王的介绍，上次见到郎华……"

我点着头，遇到生人我一向是不会说什么话。她又去拿桌上的报纸，她寻找笔战继续的论文。我慢慢的看着她，大概她也慢慢的看着我吧！她很漂亮，很素净，脸上不涂粉，头发没有卷起来，只是扎了一条红绸带，这更显得特别风味，又美又净，葡萄灰色的袍子上面有黄色的花，只是这件袍子我看不很美，但也无损于美。到晚上，这美人似的人就在我们家里吃晚饭。在吃饭以前汪林也来了！汪林是来约郎华去滑冰，她从小孔窗看了一下：

"郎华不在家吗？"她接着"唔"了一声。

"你怎么到这里来？"汪林进来了。

"我怎么就不许到这里来？"

我看得她们这样很熟的样子更奇怪。我说：

"你们怎么也认识呢？"

"我们在舞场里认识的。"汪林走了以后她告诉我。

从这句话当然也知道程女士也是常常进舞场的人了！汪林是漂亮的小姐，当然程女士也是，所以我就不再留意程女士了。

环境和我不同的人来和我做朋友，我感不到兴味。

郎华肩着冰鞋回来，汪林大概在院中也看到了他，所以也跟进来。这屋子就热闹了！汪林的胡琴口琴都跑去拿过来。郎华唱："杨延辉坐宫院。"

"哈呀呀，怎么唱这个？这是'奴心未死'！"汪林嘲笑他。

在报纸上就是因为旧剧才开笔战，郎华自己明明写着，唱旧戏是奴心未死。

并且汪林耸起肩来笑得背脊靠住暖墙，她很红的脸，很红的嘴，卷发，绿绒衣，她和程女士是绝端两样，她带着西洋少妇的风情。程女士很黑，是个黑姑娘。

又过几天，郎华为我借一双滑冰鞋来，我也到冰场上去。程女士常到我们这里来，她是来借冰鞋。有时我们就一起去，同时新人当然一天比一天熟起来。她渐渐对郎华比对我更熟，她给郎华写信了，虽然常见，但是要写信的。

又过些日子，程女士要在我们这里吃面条，我到厨房去调面条。

"……喳……喳……"等我走进屋他们又在谈别的了！女士只吃一小碗面就说："饱了。"

我看她近些日子更黑一点，好像她的"愁"更多了！她不仅仅是"愁"，因为愁并不兴奋，可是程女士有点兴奋。

我忙着收拾家具，她走时我没有送她，郎华送她出门。

我听得清清楚楚的是在门口："有信吗？"

或者不是这么说，总之跟着一声"喳喳"之后，郎华很响的："没有。"

又过了些日子，程女士就不常来了，大概是她怕见我。

程女士要回南方，她到我们这里来辞行，有我做障碍，她没有把要诉说出来的"愁"尽量诉说给郎华。她终于带着"愁"回南方去了。

1935年3月至5月间

（收入1936年8月上海生活出版社出版的《商市街》）

雪　天

我直直是睡了一个整天，这使我不能再睡。小屋子渐渐从灰色变做黑色。

睡得背很痛，肩也很痛，并且也饿了。我下床开了灯，在床沿坐了坐，到椅子间坐了坐，扒一扒头发，揉擦两下眼睛，心中感到幽长和无底，好像把我放下一个煤洞去，并且没有灯笼，使我一个人走沉下去。屋子虽然小，在我觉得和一个荒凉的广场样，屋子墙壁离我，比天还远，那是说一切不和我发生关系；那是说我的肚子太空了！

一切街车街声在小窗外闹着。可是三层楼的过道非常寂静。每走过一个人，我留意他的脚步声，那是非常响亮的，硬底皮鞋踏过去，女人的高跟鞋更响亮而且焦急，有时成群的响声，男男女女穿插着过道一阵。我听遍了过道上一切引诱我的声音，可是不用开门看，我知道郎华还没回来。

小窗那样高，囚犯住的屋子一般，我仰起头来，看见那一些纷飞的雪花从天空忙乱的跌落，有的也打在玻璃窗片上，即刻就消融了，变成水珠滚动爬行着，玻璃窗被它画成没有意义无组织的条纹。

我想：雪花为什么要翩飞呢？多么没有意义！忽然我又想：

我不也是和雪花一般没有意义吗？坐在椅子里，两手空着，什么也不做；口张着，可是什么也不吃。我十分和一架完全停止了的机器相像。

过道一响，我的心就非常跳，那该不是郎华的脚步？一种穿软底鞋的声音，嚓嚓来近门口，我仿佛是跳起来，我心害怕着：他冻得可怜了吧？他没有带回面包来吧！

开门看时，茶房站在那里：

"包夜饭吗？"

"多少钱？"

"每份六角。包月十五元。"

"……"我一点都不迟疑摇着头，怕是他把饭送进来强迫我吃似的，怕他强迫向我要钱似的。茶房走出，门又严肃的关起来。一切别的房中的笑声，饭菜的香气都断绝了，就这样用一道门，我与人间隔离着。

一直到郎华回来，他的胶皮底鞋擦在门限，我才止住幻想。茶房手上的托盘，肉饼、炸黄的番薯、切成大片有弹力的面包……

郎华的夹衣上那样湿了，已湿的裤管拖着泥。鞋底通了孔，使得袜也湿了。

他上床暖一暖，脚伸在被子外面，我给他用一张破布擦着脚上冰凉的黑圈。

当他问我时，他和呆人一般直直的腰也不弯：

"饿了吧？"

我几乎是哭了。我说："不饿。"为了低头，我的脸几乎接触到他冰凉的脚掌。

他的衣服完全湿透，所以我到马路旁去买馒头。就在光身的木桌上，刷牙缸冒着气，刷牙缸伴着我们把馒头吃完。馒头既然吃完，桌上的铜板也要被吃掉似的。他问我：

"够不够？"

我说："够了。"

我问他："够不够？"

他也说："够了。"

隔壁的手风琴唱起来，它唱的是生活的痛苦吗？手风琴凄凄凉凉地唱呀！

登上桌子，把小窗打开。这小窗是通过人间的孔道：楼顶，烟囱，飞着雪沉重而浓黑的天，路灯，警察，街车，小贩，乞丐，一切显现在这小孔道，烦烦忙忙的市街发着响。

隔壁的手风琴在我们耳里不存在了。

1935年3月至5月间

（收入1936年8月上海生活出版社出版的《商市街》）

他去追求职业

他是一条受冻受饿的犬呀!

在楼梯尽端,在过道长筒的那边,他着湿的帽子被墙角隔住,他着湿的鞋子踏过发光的地板,一个一个排着脚踵的印泥。

这还是清早,过道的光线还不充足。可是有的房间门上已经挂好"列巴圈"了!送牛奶的人,轻轻带着白色的、发热的瓶子排在房间的门外。这非常引诱我,好像我已嗅到"列巴圈"的麦香,好像那成串肥胖的圆形的点心已经挂在我的鼻头了。几天没有饱食,我是怎样的需要啊!胃口在胸膛里面收缩,没有钱买,让那"列巴圈"们白白在虐待我。

过道渐渐响动起来。他们呼唤着茶房,关门开门,倒脸水。外国女人清早便高声说笑。可是我的小室,没有光线,连灰尘都看不见飞扬,静得桌子在墙角欲睡了,藤椅在地板上伴着桌子睡;静得棚顶和天空一般高,一切离得我远远的,一切都厌烦我。

下午,郎华还不回来,我到过道口站了好几次,外国女人红色的裙子,蓝色的裙子……一张张笑着的骄傲的红嘴,走下楼梯,她们的高跟鞋打得楼梯清脆发响。圆胖而生着大胡子的男人,那样不相称地捉着长耳环、黑脸的和小鸡一般瘦小的"基卜赛"女人上楼来。茶房在前面去给打开一个房间。长时间以后,又上来一群外国孩子，他们嘴上剥着瓜子，多冰的鞋底在过道上擗擗啪啪的留下痕迹过去了。

看遍了这一些人，郎华总是不回来。我开始打旋子，经过每个房间，轻轻荡来踱去，别人已当我是个偷儿，或是讨乞的老婆，但我自己并不感觉。仍是带着我苍白的脸，褪了色的蓝布宽大的单衫踱荡着。

忽然楼梯口跑上两个一般高的外国姑娘。

"啊呀！"指点着向我说，"你的……真好看！"

另一个样子像是为了我倒退了一步，并且那两个不住翻着衣襟给我看：

"你的……真好看！"

我没有理她们。心想：她们帽子上有水滴，不是又落雪？

跑回房间，看一看窗子究竟落雪不？郎华是穿着昨晚潮湿的衣裳走的。一开窗，雪花便满窗倒倾下来。

郎华回来，他的帽檐滴着水，我接过来帽子，问他：

"外面上冻了吗？"

他把裤口摆给我看，我用手摸时，半截裤管又凉又硬。他抓住我的摸裤管的手说：

"小孩子，饿坏了吧！"

我说："不饿。"我怎能说饿呢！为了追求食物他的衣服都结冰了。

过一会，他拿出二十元票子给我看。忽然使我痴呆了一刻，这是那里来的呢？

1935年3月至5月间

（收入1936年8月上海生活出版社出版的《商市街》）

来　客

　　打过门，随后进来一个胖子，穿的绸大衫，他也说他来念书，这使我很诧异。他四五十岁的样子，又是个买卖人，怎么要念书呢？过了好些时候，他说要念庄子。白话文他说不用念，一看就明白，那不算学问。

　　郎华该怎么办呢？郎华说："念《庄子》也可以。"

　　那胖子又说，每一星期要做一篇文章，要请先生改。郎华说，也可以。郎华为了钱，为了一点点的学费这都可以。

　　另一天早晨，又来一个年青人，郎华不在家，他就坐在草褥上等着，他好像有肺病，一面看床上的旧报纸，一面问我：

　　"门外那张纸贴上写着打武术，每月五元，不能少点吗？"

　　"等一下再讲吧！"我说。

　　他规规矩矩，很无聊的坐着。大约十分钟又过去了！郎华怎么还不回来，我很着急。得一点教书钱，好像做一笔买卖似的。我想这笔买卖是做不成了，那人直说要走。

　　"你等一等就回来的，就回来的。"

　　结果不能等，临走时向我告诉：

　　"我有肺病，我是从'大罗新'（商店）下来的，一年了，病也不好，医生叫我运动运动。吃药花钱太多，也不能吃了！运动总比挺着强。昨天我看报上有广告，才知道这里教武术，先生回来，请向先生说说，学费少一点。"

从家庭教师的广告登出去，就有人到这里治病，念《庄子》，还有人要练"飞檐走壁"，问先生会不会"飞檐走壁"！

那天又是郎华不在家，来一个人，还没有坐定，他就走了。他看一看床上就是一张光身的草褥，被子卷在床头，灰色的棉花从破孔流出来，我想去折一下，又来不及。那人对准地下两只破鞋打量着。他的手杖和眼镜都闪着光，在他看来，教武术的先生不用问是个讨饭的家伙。

1935年3月至5月间

（收入1936年8月上海生活出版社出版的《商市街》）

提篮者

提篮人,他的大篮子,长形面包,圆面包……每天早晨他带来诱人的麦香等在过道。

我数着……三个,五个,十个……把所有的铜板给了他。一块黑面包摆在桌子上。郎华回来第一件事,他在面包上掘了一个洞,连帽子也没脱掉就嘴里嚼着,又去找白盐。他从外面带进来的冷空气发着腥味。他吃面包,鼻子时时滴下清水滴。

"来吃啊!"

"就来。"我拿了刷牙缸跑下楼去倒开水,回来时,面包差不多只剩硬壳在那里。他紧忙说:

"我吃得真快,怎么吃得这样快?真自私,男人真自私。"只端起牙缸来喝水,他再不吃了!我再叫他吃他也不吃。只说:"饱了,饱了!吃去你的一半还不够吗?男人不好,只顾自己。你的病刚好,一定要吃饱的。"

他给我讲着,他怎样要开一个"学社",教武术,还教什么什么……这时候他的手已凑到面包壳上去,并且另一只手也来了!扭了一块下去,已经送到嘴里,已经咽下去,他也没有发觉,第二次又来扭,可是说了:

"我不应该再吃,我已经吃饱。"

他的帽子仍没有脱掉，我替他脱了去，同时送一块面包皮到他的嘴上。

喝开水，他也是一直喝，等我向他要，他才给我。

"晚上，我领你到饭馆去吃。"我觉得很奇怪，没钱怎么可以到饭馆去吃呢！

"吃完就走，这年头不吃还饿死？"他说完，又去倒开水。

第二天，挤满面包的大篮子已等在过道。我始终没推开门。门外有别人在买，即是不开门，我也好像嗅到麦香。对面包我害怕起来，不是我想吃面包，怕是面包要吞了我。

"列巴，列巴！"哈尔滨叫面包做"列巴"，卖面包的人打着我们的门在招呼。带着心惊，买完了说："明天给你钱吧，没有零钱。"

星期日家庭教师也休息。只有休息，连早饭也没有。提篮人在打门，郎华跳下床去，比猫跳得更得法，轻快，无声。我一动不动。"列巴"就摆在门口。郎华光着脚，只穿一件短裤，衬衣搭在肩上，胸膛露在外面。

一块黑面包，一角钱。我还要五分钱的"列巴圈"，那人用绳穿起来。我还说："不用，不用。"我打算就要吃了！我伏在床上，把头抬起来，正像见了桑叶而抬头的蚕一样。

可是，立刻受了打击，我眼看着那人从郎华的手上把面包夺回去，五个"列巴圈"也夺回去。

"明早一起取钱不行吗？"

"不行，昨天那半角也给我吧！"

我充满口涎的舌头向嘴唇舐了几下，不但"列巴圈"没有吃到,把所有的铜板又都带走了。

"早饭吃什么呀?"

"你说吃什么?"锁好门,他回到床上时,冰冷的身子贴住我。

1935年3月至5月间

(收入1936年8月上海生活出版社出版的《商市街》)

搬　家

搬家！什么叫搬家？移了一个窝就是罢！

一辆马车，载了两个人，一个条箱，行李也在条箱里。车行在街口了，街车，行人道上的行人，店铺大玻璃窗里的"模特儿"……汽车驰过去了，别人的马车赶过我们急跑，马车上面似乎坐着一对情人，女人的卷发在帽沿外跳舞，男人的长臂没有什么用处一般，只为着一种表示，才遮在女人的背后。马车驰过去了，那一定是一对情人在兜风……只有我们是搬家。天空有水状的和雪融化春冰状的白云，我仰望着白云，风从我的耳边吹过，使我的耳朵鸣响。

到了：商市街××号。

他夹着条箱，我端着脸盆，通过很长的院子，在尽那头，第一下拉开门的是郎华，他说："进去吧！"

"家"就这样的搬来，这就是"家"。

一个男孩，穿着一双很大的马靴，跑着跳着喊："妈……我老师搬来啦，我老师搬来啦！"

这就是他教武术的徒弟。

借来的那张铁床，从门也抬不进来，从窗也抬不进来。抬不进来，真的就要睡地板吗？光着身子睡吗？铺什么？

"老师，用斧子打吧。"穿长靴的孩子去找到一柄斧子。

铁床已经站起，塞在门口，正是想抬出去也不能够的时候，郎华就用斧子打，铁击打着铁发出震鸣，门顶的玻璃碎了两块，结果床搬进来了，光身子放在地板中央。又向房东借一张桌子和两把椅子。

郎华走了，说他去买水桶、菜刀、饭碗……

我的肚子因为冷，也许因为累，又在作痛。走到厨房去看，炉中的火熄了。未搬之前，也许什么人在烤火，所以炉中尚有木炭在燃。

铁床露着骨，玻璃窗渐渐结上冰来。下午了，阳光失去了暖力，风渐渐卷着沙泥来吹打窗子……用冷水擦着地板，擦着窗台……等到这一切做完，再没有别的事可做的时候，我感到手有点痛，脚也有点痛。

这里不像旅馆那样静，有狗叫，有鸡鸣……有人吵嚷。

把手放在铁炉板上也不能暖了，炉中连一颗火星也灭掉。肚子痛，要上床去躺一躺，哪里是床！冰一样的铁条，怎么敢去接近！

我饿了，冷了，我肚痛，郎华还不回来，有多么不耐烦！连一只表也没有，连时间也不知道。多么无趣，多么寂寞的家呀！我好像落下井的鸭子一般寂寞并且隔绝。肚痛，寒冷和饥饿伴着我……什么家？简直是夜的广场，没有阳光，没有暖。

门扇大声光郎郎的响，是郎华回来，他打开小水桶的盖给我看：小刀，筷子，碗，水壶，他把这些都摆出来，纸包里的白米也倒出来。

只要他在我身旁，饿也不难忍了，肚痛也轻了。买回来的草褥放在门外，我还不知道，我问他："是买的吗？"

"不是买的，是哪里来的！"

"钱，还剩多少？"

"还剩！怕是不够哩！"

等他买木柈回来，我就开始点火。站在火炉边，居然也和小主妇一样调着晚餐。油菜烧焦了，白米饭是半生就吃了，说它是粥，比粥还硬一点；说它是饭，比饭还黏一点。这是说我做了"妇人"，不做妇人，哪里会烧饭？不做妇人，哪里懂得烧饭？

晚上，房主人来时，大概是取着拜访先生的意义来的！房主人就是穿马靴那个孩子的父亲。

"我三姐来啦！"过一刻，那孩子又打门。

我一点也不能认识她。她说她在学校时每天差不多都看见我，不管在操场或是礼堂。我的名字她还记得很熟。

"也不过三年，就忘得这样厉害……你在哪一班？"我问。

"第九班。"

"第九班，和郭小娴一班吗？郭小娴每天打球，我倒认识她。"

"对啦，我也打篮球。"

但无论如何我也想不起来，坐在我对面的简直是一个从未见过的面孔。

"那个时候，你十几岁呢？"

"十五岁吧！"

"你太小啊，学校是多半不注意小同学的。"我想了一下，我笑了。

她卷皱的头发，挂胭脂的嘴，比我好像还大一点，因为回忆完全把我带回往昔的境地去。其实，我是二十二了，比起她来怕是已经老了。尤其是在蜡烛光里，假若有镜子让我照下，我一定惨败得比三十岁更老。

"三姐！你老师来啦。"

"我去学俄文。"她弟弟在外边一叫她，她就站起来说。很爽快，完全是少女风度，长身材，细腰，闪出门去。

1935年3月至5月间

（收入1936年8月上海生活出版社出版的《商市街》）

最末的一块木柈

火炉烧起又灭,灭了再弄着,灭到第三次,我懊恼了!我再不能抑止我的愤怒,我想冻死吧,饿死吧,火也点不着,饭也烧不熟。就是那天早晨,手在铁炉门上烫焦了两条,并且把指甲烧焦了一个缺口。火焰仍是从炉门喷吐,我对着火焰生气,女孩子的娇气毕竟没有脱掉。我向着窗子,心很酸,脚也冻得很痛,打算哭了。但过了好久,眼泪也没有流出,因为已经不是娇子,哭什么?

烧晚饭时,只剩一块木柈,一块木柈怎么能生火呢?那样大的炉腔,一块木柈只能占去炉腔的二十分之一。

"睡下吧,屋子太冷,什么时候饿,就吃面包。"郎华抖着被子招呼我。

脱掉袜子,腿在被子里面团卷着,想要把自己的脚放到自己的肚子上面暖一暖,但是不可能,腿生得太长了,实在感到不便,腿实在是无用。在被子里面也要颤抖似的。窗子上的霜,已经挂得那样厚,并且四壁刷的绿颜色,涂着金边,这一些更使人感到寒冷。两个人的呼吸像冒着烟一般的。玻璃上的霜好像柳絮落到河面,密结的起着绒毛。夜来时也不知道,天明时也不知道,是个没有明暗的幽室,人住在里面正像菌类生在不见天日的大树下；快要朽了。而人不是菌类。

半夜我就醒来，并不饿，只觉到冷。郎华光着身子跳起来。点起蜡烛到厨房去喝冷水。

"冻着，也不怕受寒！"

"你看这力气！怕冷？"他的性格是这样，争强给我看。临上床，他还在自己肩头上打了两下。我遇着他冷的身子抖颤了。都说情人的身子比火还热，到此时我不能相信这话了。

第二天仍是一块木柈，他说借吧！

"向那里借？"

"向汪家借。"

写了一张纸条，他站在门口喊他的学生汪玉祥。

老厨夫抱了满怀的木柈来叫门。

不到半点钟我的脸一定也红了，因为郎华的脸红起来。窗子滴着水，水从窗口流延到地板上，窗前来回走人也看得清，窗前啄食的小鸡也看得清，黑毛的，红毛的，也有花毛的。

"老师，练武术吗？九点钟啦！"

"等一会，吃完饭练武术！"

有了木柈，还没有米，等什么？越等越饿。他教完武术又跑出去借钱，等他借了钱买了一大块厚饼回来，木柈又只剩了一块。这可怎么办？晚饭又不能吃。

对着这一块木柈又爱它，又恨它，又可惜它。

1935年3月至5月间

（收入1936年8月上海生活出版社出版的《商市街》）

黑列巴和白盐

玻璃窗子又慢慢结起霜来,不管人和狗经过窗前都辨认不清楚。

"我们不是新婚吗?"他这话说得很响,他唇下的开水杯起一个小圆波浪。他放下杯子,在黑面包上涂一点白盐送下喉去。大概是面包已不在喉中,他又说:"这不正是度蜜月吗!"

"对的,对的。"我笑了。

他连忙又取一片黑面包,涂上一点白盐,学着电影上那样度蜜月,把涂盐的列巴先送上我的嘴,我咬了一下,而后他才去吃。一定盐太多了,舌尖感到不愉快,他连忙去喝水:

"不行不行,再这样度蜜月把人咸死了。"

盐毕竟不是奶油,带给人的感觉一点也不甜,一点也不香。我坐在旁边笑。

光线完全不能透进屋来,四面是墙,窗子已经无用,封闭了的洞门似的,与外界绝对隔离开。天天就生活在这里边。素食,有时候不食,好像传说上要成仙的人在这地方苦修苦练。很有成绩,修练得倒是不错了,脸也黄了,骨头也瘦了。我的眼睛越来越扩大,他的颊骨和木块一样突在腮边。这些工夫都做到,只是还没成仙。

"借钱","借钱",郎华每日出去"借钱"。他借回来的钱总是很少,三角,五角,借到一元,那是很稀有的事。

黑列巴和白盐许多日子成了我们唯一的生命线。

1935年3月至5月间

（收入1936年8月上海生活出版社出版的《商市街》）

度　日

　　天色连日阴沉下去，一点光也没有，完全灰色，灰得怎样程度呢？那和墨汁混到水盆中一样。

　　火炉台擦得很亮了，碗，筷子，小刀摆在格子上。清早起第一件事点起火炉来，而后擦地板，铺床。

　　炉铁板烧得很热时，我便站到火炉旁烧饭，刀子，匙子弄得很响。炉火在炉腔里起着小的爆炸，饭锅腾着气，葱花炸到油里，发出很香的烹调的气味，我细看葱花在油边滚着，渐渐变黄起来。……小洋刀好像剥着梨皮一样把土豆刮得很白，很好看，去了皮的地豆呈乳黄色，柔和而有弹力，炉台上铺好一张纸，把土豆再切成薄片，饭已熟，地豆煎好。打开小窗望了望，院心几条小狗在戏耍。

　　家庭教师还没有下课，菜和米香引我回到炉前再吃两口，用匙子调一下饭，再调一下菜，很忙的样子像在偷吃。在地板上走了又走，一个钟头的课程还不到吗？于是再打开锅盖吞下几口。再从小窗望一望，我快要吃饱的时候他才回来。习惯上知道一定是他，他都是在院心大声弄着嗓子响。我藏在门后等他，有时候我就不等他寻到就作着怪声跳出来。

　　早饭吃完以后，就是洗碗，刷锅，擦炉台，摆好木格子。假如有表,怕是十一点还多了!

再过三四个钟头又是烧晚饭。他出去找职业,我在家里烧饭,我在家里等他。火炉台,我开始围着它转走起来。每天吃饭,睡觉,愁柴,愁米……

这一切给我一个印象:这不是孩子时候了,是在过日子,开始过日子。

1935年3月至5月间

(收入1936年8月上海生活出版社出版的《商市街》)

飞 雪

是晚间，正在吃饭的时候，管门人来告诉：

"外面有人找。"

踏着雪，看到铁栅栏外我不认识的一个人，他说他是来找武术教师。那么这人就跟我来到房中，在门口他找擦鞋的东西，可是没有预备那样完备。表示着很对不住的样子，他怕是地板会弄脏的。厨房没有灯，经过厨房时那人为了脚下的雪差不多没有跌倒。

一个钟头过去了吧！我们的面条在碗中完全凉透，他还没有走，可是他也不说"武术"究竟是学不学，只是在那里用手帕擦一擦嘴，揉一揉眼睛，他是要睡着了！我一面用筷子调一调快凝住的面条，一面看他把外衣的领子轻轻的竖起来，我想这回他一定是要走。然而没有走，或者是他的耳朵怕受冻用皮领来取一下暖，其实，无论如何在屋里也不会冻耳朵，那么他是想坐在椅子上睡觉吗？这里是睡觉的地方？

结果他也没有说"武术"是学不学，临走时他才说：

"想一想……想一想……"

常常有人跑到这里来想一想，也有人第二次他再来想一想。立刻就决定的人一个也没有，或者是学，或者是不学。看样子当面说不学，怕人不好意思，说学又觉得学费不能再少一点吗？总希望武术教师把学费自动减少一点。

我吃饭时很不安定，替他挑碗面，替自己挑碗面，一会又剪一剪灯花，不然蜡烛颤索得使人很不安。

两个人一句话也不说，对着蜡烛吃着冷面。雪落得很大了！出去倒脏水回来，头发就是湿的。从门口望出去，借了灯光，大雪白茫茫，一刻就要倾满人间似的。

郎华披起才借来的夹外衣到对面的屋子教武术。他的两只空袖口没进大雪片中去了。我听他开着对面那房子的门。那间客厅光亮起来。我向着窗子，雪片翻倒倾忙着，寂寞并且严肃的夜围临着我，终于起着咳嗽关了小窗。找到一本书，读不上几页，又打开小窗，雪大了呢？还是小了？人在无聊的时候，风雨，总之一切天象会引起注意来。雪飞得更忙迫，雪片和雪片交织在一起。

很响的鞋底打着大门过道，走在天井里，鞋底就减轻了声音。我知道是汪林回来了。那个旧日的同学，我没能看见她穿的是中国衣裳或是外国衣裳，她停在门外的木阶上在按铃，小使女，也就是小丫环开了门，一面问：

"谁？谁？"

"是我，你还听不出来！谁！谁！"她有点不耐烦，小姐们有了青春更骄傲，可是做丫环的一点也不知道这个。假若不是落雪，一定能看到那女孩是怎样无知的把头缩回去。

又去读读书。又来看看雪，读了很多页了，但什么意思呢？我也不知道。因为我心里只记得：落大雪，天就转寒，那么从此我不能出屋了吧？郎华没有皮帽，他的衣裳没有皮领，耳朵一定要冻伤的吧！

在屋里，只要火炉生着火，我就站在炉边，或者更冷的时候，我还能坐到铁炉板上去把自己煎一煎。若没有木样，我就披着被坐在床上，一天不离床，一夜不离床，但到外边可怎么能去呢？披着被上街吗？那还可以吗？

我把两只脚伸到炉腔里去，两腿伸得笔直，就这样在椅子上对着门看书；那里看书，假看，无心看。

郎华一进门就说："你在烤火腿吗？"

我问他："雪大小？"

"你看这衣裳！"他用面巾打着外套。

雪，带给我不安，带给我恐怖，带给我终夜各种不舒适的梦……一大群小猪沉下雪坑去……麻雀冻死在电线上，麻雀虽然死了，仍挂在电线上。行人在旷野白色的大树里一排一排的僵直着，还有一些把四肢都冻丢了。

这样的梦以后，但总不能知道这是梦，渐渐明白些时，才紧抱住郎华，但总不能相信这不是真事。我说：

"为什么要做这样的梦？照迷信来说，这可不知怎样？"

"真糊涂，一切要用科学方法来解释，你觉得这梦是一种心理，心理是从那里来的？是物质的反映。你摸摸你这肩膀冻得这样凉，你觉到肩膀冷，所以你做那样的梦！"很快他又睡去。留下我觉得风从棚顶，从床底都会吹来，冻鼻头，又冻耳朵。

夜间大雪又不知落得怎样了！早晨起来，一定会推不开门吧！记得爷爷说过：大雪的年头小孩站在雪里露不出头顶……风不住扫打窗子,狗在房后哽哽的叫……

从冻又想到饿,明天没有米了。

1935年3月至5月间

(收入1936年8月上海生活出版社出版的《商市街》)

他的上唇挂霜了

　　他夜夜出去在寒月的清光下。他到五里路远一条僻静的街上去教两个人读中学国文课本。这是新找到的职业，不能说是职业，只能说新找到十五元钱。

　　秃着耳朵，夹外套的领子还不能遮住下巴，就这样夜夜出去，一夜比一夜冷了！听得见人们踏着雪地的响声也更大。他带着雪花回来，裤子下口全是白色，鞋也被雪浸了一半。

　　"又下雪吗？"

　　他一直没有回答，像是同我生气。把袜子脱下来，雪积满他的袜口，我拿他的袜子在门扇上打着，只有一小部分雪星是震落下来，袜子的大部分全是潮湿了的。等我在火炉上烘袜子的时候，一种很难忍的气味满屋散布着。

　　"明天早晨晚些吃饭，南岗有一个要学武术的。等我回来吃。"他说这话完全没有声色，把声音弄得很低很低……或者他想要严肃一点，也或者他把这事故意看作平凡的事。总之我不能猜到了！

　　他赤了脚，穿上"傻鞋"，去到对门上武术课。

　　"你等一等，袜子就要烘干的。"

　　"我不穿。"

"怎么不穿，汪家有小姐的。"

"有小姐管什么？"

"不是不好看吗？"

"什么好看不好看！"他光着脚去，也不怕小姐们看，汪家有两个很漂亮的小姐。

他很忙，早晨起来就跑到南岗去，吃过饭又要给他的小徒弟上国文课。一切忙完了又跑出去借钱。晚饭后又是教武术，又是去教中学课本。

夜间他睡觉醒也不醒转来，我感到非常孤独了！白昼使我对着一些家俱默坐，我虽生着嘴也不言语，我虽生着腿也不能走动，我虽生着手而也没有什么做，和一个废人一般，有多么寂寞！连视线都被墙壁截止住，连看一看窗前的麻雀也不能够，什么也不能够，玻璃生满厚的和绒毛一般地霜雪。这就是"家"，没有阳光，没有暖，没有声，没有色，寂寞的家，穷的家，不生毛草荒凉的广场。

我站在小过道窗口等郎华，我的肚子很饿。

铁门扇响了一下，我的神经便要震荡一下，铁门响了无数次，来来往往都是和我无关的人。汪林她很大的皮领子和她很响的高跟鞋相配称，她摇摇恍恍，满满足足，她的肚子想来很饱很饱，向我笑了笑，滑稽的样子用手指点我一下：

"啊！又在等你的郎华……"她快走到门前的木阶，还说着："他出去，你天天等他，真是怪好的一对！"

她的声音在冷空气里来得很脆，也许是少女们特有的喉咙，对于她，我立刻把她忘记，也许原来就没把她看见，没把她听见，假若我是个男人，怕是也只有这样。肚子响叫起来。

汪家厨房传出来炒酱的气味，隔得远我也会嗅到，他家吃炸酱面吧！炒酱的铁勺子一响都像说：炸酱面、炸酱面……

在过道站着，脚冻得很痛，鼻子流着鼻涕。我回到屋里，关好二层门，不知是想什么，默坐了好久。

汪林的二姐到冷屋去取食物，我去倒脏水遇见她，平日不很说话，很生疏，今天她却说：

"没去看电影吗？这个片子不错，胡蝶主演。"她蓝色的大耳环永远吊荡着不能停止。

"没去看。"我的袍子冷透骨了！

"这个片很好，煞尾是结了婚，看这片子的人都猜想，假若演下去，那是怎么美满的……"

她热心的来到门缝边，在门缝我也看到她大长的耳环在摆动。

"进来玩玩吧！"

"不进去，要吃饭啦！"

郎华回来了，他的上唇挂霜了！汪二小姐走得很远时，她的耳环和她的话声仍震荡着："和你度蜜月的人回来啦，他来了。"

好寂寞的，好荒凉的家呀！他从口袋取出烧饼来给我吃。他又走了，说有一家招请电影广告员，他要去试试。

"什么时候回来？什么时候回来？"我追赶到门外问他，好像很久捉不到的鸟儿，捉到又飞了！失望和寂寞，虽然吃着烧饼，也好像饿倒下来。

小姐们的耳环对比着郎华的上唇挂着的霜。对门居着，他家的女儿看电影，戴耳环；我家呢？我家……

1935年3月至5月间

（收入1936年8月上海生活出版社出版的《商市街》）

当　铺

"你去当吧！你去当吧，我不去！"

"好，我去，我就愿意进当铺，进当铺我一点也不怕，理直气壮。"

新做起来的，我的棉袍，一次还没有穿就跟着我进当铺去了！在当铺门口少微徘徊了一下，想起出门时郎华要的价目——非两元不当。

包袱送到柜台上，我是仰着脸，伸着腰，用脚尖站起来送上去的，真不晓得当铺为什么摆起这么高的柜台！

那戴帽头的人翻着衣裳看，还不等他问，我就说了：

"两块钱。"

他一定觉得我太不合理，不然怎么连看我一眼也没有看就把东西卷起来，他把包袱仿佛要丢在我的头上，他十分不耐烦的样子。

"两块钱不行，那么，多少钱呢？"

"多少钱不要。"他摇摇相同长西瓜形的脑袋，小帽头顶尖的红帽球也跟着摇了摇。

我伸手去接包袱，我一点也不怕，我理直气壮，我明明知道他故意作难，正想把包袱接过来就走。猜得对对的，他并不把包袄真给我。

"五毛钱！这件衣服袖子太瘦，卖不出钱来……"

"不当。"我说。

"那么一块钱，……再可不能多了，就是这个数目。"他把腰微微向后弯一点柜台太高，看不出他突出的肚囊……一只大手指，就比在和他太阳穴一般高低的地方。

带着一元票子和一张当票，我快快的走，走起路来感到很爽快，默认自己是很有钱的人。菜市，米店我都去过，臂上抱了很多东西，感到非常愿意抱这些东西，手冻得很痛，觉得这是应该，对于手一点也不感到可惜，本来手就应该给我服务，好像冻掉了也不可惜。走在一家包子铺门前，又买了十个包子，看一看自己带着这些东西，很骄傲，心血时时激动，至于手冻得怎样痛一点也不可惜。路旁遇见一个老叫花子，又停下来给他一个大铜板，我想我有饭吃，他也是应该吃啊！然而没有多给，只给一个大铜板，那些我自己还要用呢！又摸一摸当票也没有丢，这才重新走，手痛得什么心思也没有了，快到家吧！快到家吧！但是，背上流了汗，腿觉得很软，眼睛有些刺痛，走到大门口才想起来从搬家还没有出过一次街，走路腿也无力，太阳光也怕起来。

又摸一摸当票才走进院去。郎华仍躺在床上，和我出来的时候一样，他还不习惯于进当铺。他是在想什么，拿包子给他看，他跳起来了：

"我都饿啦，等你也不回来。"

十个包子吃去一大半他才细问："当多少钱？当铺没欺负

你?"

把当票给他,他瞧着那样少的数目:

"才一元,太少。"

虽然说当得的钱少,可是又愿意吃包子,那么结果很满足。他在吃包子的嘴,看起来比包子还大,一个跟着一个,包子消失尽了。

1935年3月至5月间

(收入1936年8月上海生活出版社出版的《商市街》)

借

"女子中学"的门前，那是三年前在里边读书的学校。和三年前一样，楼窗，窗前的树，短板墙，墙外的马路，每块石砖我踏过它。墙里墙外的每棵树尚存着我温馨的记忆；附近的家屋唤起我往日的情绪。

我记不了这一切啊！管它是温馨的是痛苦的！我忘不了。这一切啊！我在那楼上正是我有着青春的时候。

现在已经黄昏了，是冬的黄昏。我踏上水门汀的阶石，轻轻的迈着步子。三年前，曾按过的门铃又按在我的手中。出来开门的那个校役，他还认识我。楼梯上下跑走的那一些同学，却咬着耳说：

"这是找谁的？"

一切全不生疏，事务牌，信箱，电话室，就是挂衣架子三年也没有搬动，仍是摆在传达室的门外。

我不能立刻上楼，这对于我是一种侮辱似的。旧同学虽有，怕是教室已经改换了，宿舍，我不知道在楼上还是在楼下。

"梁先生——国文梁先生在校吗？"我对校役说。

"在校是在校的，正开教务会议。"

"什么时候开完？"

"那怕到七点钟吧!"

墙上的钟还不到五点,等也是无望,我走出校门来了!这一刻,我完全没有来时的感觉,什么街石,什么树,这对我发生什么关系?

"吟——在这里。"郎华在很远的路灯下打着招呼。

"回去吧!走吧!"我走到他近边,再不说别的。

顺着那条斜坡的直道走得很远我才告诉他:

"梁先生开教务会议,开到七点,我们等得了吗?"

"那么你能走吗?肚子还疼不疼?"

"不疼,不疼。"

圆月从东边一小片林梢透过来,暗红色的圆月,很大很混浊的样子,好像老人昏花的眼睛垂到天边去。脚下的雪不住在滑着,响着,走了许多时候,一个行人没有遇见,来到火车站了!大时钟在暗红色的空中发着光,火车的汽笛震鸣着冰寒的空气,电车,汽车,马车,人力车,车站前忙着这一切。

顺着电车道走,电车响着铃子从我们身边一辆一辆的过去。没有借到钱,电车就上不去。走吧,挨着走,肚痛我也不能说。走在桥上,大概是东行的火车,冒着烟从桥下经过,震得人会耳鸣起来,索链一般的爬向市街去。

从岗上望下来,最远处,商店的红绿电灯不住的闪闭,在夜里的人家好像在烟里一般,若没有灯光从窗子流出来,那么所有的楼房就该变成幽寂的,没有钟声的大教堂了!站在岗上望下去,"许公路"的电灯好像扯在太阳下的长串的黄色铜铃,越远那些铜铃越增加着密度,渐渐数不过来了!

挨着走，昏昏茫茫的走，什么夜，什么市街，全是阴沟，我们滚在沟中。携着手吧！相牵着走吧！天气那样冷，道路那样滑，我时时要滑倒的样子，脚下不稳起来，不自主起来，在一家电影院门前我终于跌倒了，坐在冰上，因为道上无处不是冰。膝盖的关节一定受了伤害，他虽拉着我，走起来也十分困难。

"肚子跌痛了没有？你实在不能走了吧？"

到家把剩下来的一点米煮成稀饭，没有盐，没有油，没有菜，暖一暖肚子算了。

吃饭，肚子仍不能暖，饼干盒子盛了热水，盒子漏了。郎华又拿一个空玻璃瓶要盛热水给我暖肚子，瓶底炸掉下来，满地流着水。他拿起没有底的瓶子当号筒来吹。在那呜呜的响声里边，我躺到冰冷的床上。

1935年3月至5月间

（收入1936年8月上海生活出版社出版的《商市街》）

买皮帽

"破烂市"上打起着阴棚，很大一块地盘全然被阴棚连络起来。不断的摆着摊子：鞋，袜，帽子，面巾，这都是应用的东西。摆出来最多的是男人的裤子和衬衫。我打量了郎华一下，这裤子他应该买一条。我正想问价钱的时候，忽然又被那些大大小小的皮外套吸引住。仰起头看那些挂得很高的，一排一排的外套，宽大的领子，黑色毛皮的领子，虽是马夫穿的外套，郎华穿不也很好吗？又正想问价钱，郎华在那边叫我：

"你来。这个帽子怎么样？"他拳头上顶着一个四个耳朵的帽子正在转着弯看。我一见那和猫头一样的帽子就笑了，我还没有走到他近边，我就说："不行。"

"我小的时候，在家乡尽戴这个样帽子。"他赶快顶在头上试一试。立刻他就变成个小猫样，"这真暖和。"他又把左右的两个耳朵放下来，立刻我又看他像个小狗——因为小时候爷爷给我买过这样"叭狗帽"，爷爷叫它"叭狗帽"。

"这帽子暖和得很！"他又顶在拳头上转着弯摇了两下。

脚在阴棚里冻得难忍，在小的行人道跑了几个弯子，许多"飞机帽"，这个，那个，他都试过。黑色的比黄色的价钱便宜两角，他喜欢黄色的，同时又喜欢少花两角钱，于是走遍阴棚，在寻找。

"你的……什么的要？"出摊子的人这样问着。同是中国人，却把中国人当做日本或是高丽人。

我们不能买他的东西，快快的跑过去。

郎华带上飞机帽了！两个大皮耳朵上面长两个小耳朵。

"快走啊，快走。"绕过不少路，才走出阴棚。若不是他喊我，我真被那些衣裳和裤子恋住了，尤其是马车夫们穿的羊皮外套。

重见天日时，我忙慌着跟上郎华去！

"还剩多少钱？"

"五毛。"

走过菜市，从前吃饭那个小饭馆，我想提议进去吃包子，一想到五角钱，只好硬着心肠，背了自己的愿望走过饭馆。五角钱要吃三天，那能进饭馆子？

街旁许多卖花生、瓜子的。

"有铜板吗？"我拉了他一下。

"没有，一个没有。"

"没有就完事。"

"你要买什么？"

"不买什么！"

"要买什么这不是有票子吗？"他停下来不走。

"我想买点瓜子，没有铜板就不买。"

大概他想：爱人要买几个铜板瓜子的欲望都不能满足！于是慷慨的摸着他的衣袋。

这不是给爱人买瓜子的时候，吃饭比瓜子更要紧；饿比爱人更要紧。

风雪吹着我们走回家来了,手疼,脚疼,我白白的跟着跑了一趟。

1935年3月至5月间

(收入1936年8月上海生活出版社出版的《商市街》)

新　识

太寂寞了，"北国"人人感到寂寞。一群人组织一个画会，大概是我提议的吧！又组织一个剧团，第一次参加讨论剧团事务的人有十几个，是借民众教育馆阅报室讨论的。其中有一个脸色很白，多少有一点像政客的人，下午就到他家去继续讨论。许久没有到过这样暖和的屋子，壁炉很热，阳光晒在我的头上；明亮而暖和的屋子使我感到热了！第二天是个假日，大家又到他家去。那是夜了，在窗子外边透过玻璃的白霜，幌幌荡荡的一些人在屋里闪动，同时阵阵起着高笑。我们打门的声音几乎没有人听到，后来把手放重一些，但是仍没有人听到，后来敲玻璃窗片，这回立刻从纱窗帘现出一个灰色的影子，那影子用手指在窗子上抹了一下，黑色的眼睛出现在小洞。于是声音同人一起来在过道了。

"郎华来了，郎华来了！"开了门，一面笑着一面握手。

虽然是新识，但非常熟识了！我们在客厅门外除了外套，差不多挂衣服的钩子都将挂满。

"我们来得晚了吧！"

"不算晚，不算晚，还有没到的呢！"

客厅的台灯也开起来，几个人围在灯下读剧本。还有一个从前的同学也在读剧本，她的背靠着炉壁，淡黄色有点闪光的炉壁衬在背后，她黑的作着曲卷的头发就要散到肩上去。她演剧一般地在读剧本。她波状的头发和充分作着圆形的肩停在淡黄色的壁炉前是一幅完成的少妇美丽的剪影。

她一看到我就在读剧本了！我们两个靠着墙，无秩序的谈了些话。研究着壁上嵌在大框子里的油画。我受冻的脚遇到了热在鞋里面作痒。这是我自己的事，努力忍着好了！

客厅中那么许多人都是生人。大家一起喝茶，吃瓜子。这家的主人来来往往的走，他很像一个主人的样子，他讲话的姿式很温和，面孔带着敬意，并且他时时整理他的上衣，挺一挺胸，直一直胳臂，他的领结不知整理多少次，这一切表示一个主人的样子。

客厅每一个角落有一张门，可以通到三个另外的小屋去，其余的一张门是通过道的。就从一个门中走出一个穿皮外衣的女人，转了一个弯，她走出客厅去了。

我正在台灯下读着一个剧本时，听到郎华和什么人静悄悄在讲话，看去是一个胖军官样的人和郎华对面立着。他们走到客厅中央圆桌的地方坐下来。他们的谈话我听不懂，什么"炮二队""第九期，第八期"，又是什么人，我从未听见过的名字郎华说出来，那人也说，总之很稀奇。不但我感到稀奇，为着这样生疏的术语，所有客厅中的人都静肃了一下。

从右角的门扇走出一个小女人来，虽然穿的高跟鞋，但她像个小"蒙古"，胖人站起来说：

"这是我的女人！"

郎华也把我叫过去，照样也说给他们，这样一来，我就可以坐在旁边细听他们的讲话了！

走在回家的路上，郎华告诉我：

"那个是我的同学啊！"

电车不住的响着铃子，冒着绿火，半面月亮升起在西天，街角卖豆浆的灯火好像个小萤火虫，卖浆人守着他渐渐冷却的浆锅寞寞打转。夜深了！夜深了。

1935年3月至5月间

（收入1936年8月上海生活出版社出版的《商市街》）

牵牛房

还不到三天，剧团就完结了！很高的一堆剧本剩在桌子上面。感到这屋子广大了一些，冷了一些。

"他们也来过，我对他们说这个地方常常有一大群人出来进去是不行啊！日本子这几天在'道外'捕去很多工人。像我们这剧团……不管我们是剧团还是什么，日本子知道那就不好办……"

结果是什么意思呢？就说剧团是完了！我们站起来要走，觉得剧团都完了，再没有什么停留的必要，很伤心似的。后来郎华的胖友人出去买瓜子，我们才坐下来吃着瓜子。

厨房有家具响，大概这是吃夜饭的时候。我们站起来快快的走了。他们说：

"也来吃饭吧！不要走，不要客气。"

我们说："不客气，不客气。"其实才是客气呢！胖朋友的女人，就是那个我所说的小"蒙古"，她几乎是来拉我。

"吃过了，吃过了！"欺骗着自己的肚子跑出来，感到非常空虚，剧团也没有了，走路也无力了。

"真没意思，跑了这些次，我头疼了咧！"

"你快点走，走得这样慢！"郎华说。

使我不耐烦的倒不十分是剧团的事情，因为是饿了！我一定知道家里一点什么吃的东西也没有。

因为没有去处，以后常到那地方去闲坐，第四次到他家去闲坐，正是新年的前夜，主人约我们到他家过年。其余新识的那一群也都欢迎我们在一起玩玩。有的说：

"'牵牛房'又牵来两条牛！"

有人无理由的大笑起来，"牵牛房"是什么意思，我不能解释。

"夏天窗前满种着牵牛花，种得太多啦！爬满了窗门，因为这个叫牵牛房！"主人大声笑着给我们讲了一遍。

"那么把人为什么称做牛呢？"还太生疏，我没有说这话。

不管怎样玩怎样闹，总是各人有各人的立场。女仆出去买松子，拿着三角钱，这钱好像是我的一样，非常觉得可惜，我急得要颤栗了！就像那女仆把钱去丢掉一样。"多余呀！多余呀！吃松子做什么！不要吃吧！不要吃那样没用的东西吧！"这话我都没有说，我知道说这话还不是地方。等一会虽然我也吃着，但我一定不同别人那样感到趣味，别人是吃着玩，我是吃着充饥！所以一个跟着一个咽下它，毫没有留在舌头上尝一尝滋味的时间。

回到家来才把这可笑的话告诉郎华。他也说他不觉的吃了很多松子，他也说他像吃饭一样吃松子。

起先我很奇怪，两人的感觉怎么这样相同呢？其实一点也不奇怪，因为饿，才把两个人的感觉弄得一致的。

1935年3月至5月间

（收入1936年8月上海生活出版社出版的《商市街》）

十元钞票

在绿色的灯下,人们跳着舞,狂欢着,有的抱着椅子跳。胖朋友他也丢开风琴,从角落扭转出来,他扭到混杂的一堆人去,但并不消失在人中。因为他胖,同时也因为他跳舞做着怪样,他十分不协调的在跳的两腿扭颤得发着疯。他故意妨碍别人,最终他把别人都弄散开去,地板中央只留下一个流汗的胖子。人们怎样大笑他不管。

"老牛跳得好!"人们向他招呼。

他不听这些,他不是跳舞,他是乱跳瞎跳,他完全胡闹,他蠢得和猪、和蟹子那般。

红灯开起来,扭扭转转的那一些绿色的人变红起来。红灯带来另一种趣味,红灯带给人们更热心的胡闹。瘦高的老桐扮了一个女相和胖朋友跳舞。女人们笑流泪了!直不起腰了!但是胖朋友仍是一拐一拐。他的女舞伴在他的手臂中也是谐和的把头一扭一拐,扭得太丑,太愚蠢,几乎要把头扭掉,要把腰扭断,但是他还扭,好像很不要脸似的,一点也不知羞似的,那满脸的红胭脂呵!那满脸丑恶得到妙处的笑容!

第二次老桐又跑去化装,出来时,头上包一张红布,脖子后拖着很硬的但有点颤动的棍状的东西,那是用红布扎起来的,扫帚把柄的样子,生在他的脑后。又是跳舞,每跳一下,脑后的小尾巴就随着颤动一下。

跳舞结束了,人们开始吃苹果,吃糖,吃茶。就是吃也没有个吃的样子!有人说:

"我能整吞一个苹果。"

"你不能,你若能整吞个苹果,我就能整吞一个活猪!"另一个说。

自然,苹果也没有吞,猪也没有吞。

外面对门那家锁着的大狗,锁链子在响动。腊月开始严寒起来,狗冻得小声吼叫着。

带颜色的灯闭起来,因为没有颜色的刺激,人们暂时安定了一刻。因为过于兴奋的缘故,我感到疲乏,也许人人感到疲乏,大家都安定下来,都像恢复了人的本性。

小"电驴子"从马路秃秃的跑过,又是日本宪兵在巡逻吧!可是没有人害怕,人们对于日本宪兵的印象还浅。

"玩呀!乐呀!"第一个站起的人说。

"不乐白不乐,今朝有酒今朝醉……"大个子老桐也说。

胖朋友的女人拿一封信,送到我的手里:

"这信你到家去看好啦!"

郎华来到我的身边也不知道这是什么意思,我就把信放到衣袋中。

只要一走出屋门,寒风立刻刮到人们的脸,外衣的领子竖起来,显然郎华的夹外套是感到冷,但是他说:"不冷。"

一同出来的人都讲着过旧年时比这更有趣味,那一些趣味早从我们跳开去，我想我有点饿，回家可吃什么？于是别的人再讲什么，我听不到了！郎华也冷了吧，他拉着我走向前面，越走越快了，使我们和那些人远远地分开。

在蜡烛旁忍着脚痛看那封信，信里边十元钞票露出来。

夜是如此静了，小狗在房后吼叫。

第二天，一些朋友来约我们到"牵牛房"去吃夜饭。果然吃很好，这样的饱餐非常觉得不多得，有鱼，有肉，有很好滋味的汤。又是玩到半夜才回来。这次我走路时很起劲，饿了也不怕，在家有十元票子在等我。我特别充实的迈着大步，寒风不能打击我。"新城大街"，"中央大街"，行人很稀少了！人走在行人道，好像没有挂掌的马走在冰面，很小心的，然而时时要跌倒。店铺的铁门关得紧紧，里面无光了，街灯和警察还存在，警察和垃圾箱似的失去了威权，他背上的枪提醒着他的职务，若不然他会依着电线柱睡着的。再走就快到"商市街"了！然而今夜我还没有走够，马迭尔旅馆门前的大时钟孤独挂着。向北望去，松花江就是这条街的尽头。

我的勇气一直到"商市街"口还没消灭，脑中，心中，脊背上，腿上，似乎各处有一张十元票子，我被十元票子鼓励得肤浅得可笑了。

是叫花子吧！起着哼声在街的那边在移动。我想他没有十元票子吧！

铁门用钥匙打开，我们走进院去，但我仍听得到叫花子的哼声……

1935年3月至5月间

（收入1936年8月上海生活出版社出版的《商市街》）

几个欢快的日子

人们跳着舞,"牵牛房"那一些人们每夜跳着舞。过旧年那夜,他们就在茶桌上摆起大红蜡烛,他们模仿着供财神,拜祖宗。灵秋穿起紫红绸袍,黄马褂,腰中配着黄腰带,他第一个跪到神桌前。老桐又是他那一套,穿起灵秋太太瘦小的旗袍,长短到膝盖以上,大红的脸,脑后又是用红布包起扫帚把柄样的东西,他跑到灵秋旁边,他们俩是一致的,每磕一下头,口里就自己喊一声口号:一、二、三……不倒翁样不能自主的倒下又起来。后来就在地板上烘起火来,说是过年都是烧纸的……这套把戏玩得熟了,惯了!不是过年,也每天来这一套,人们看得厌了!对于这事冷淡下来,没有人去大笑,于是又变一套把戏:捉迷藏。

客厅是个捉迷藏的地盘,四下窜走,桌子底下蹲着人,椅子倒过来扣在头上顶着跑,电灯泡碎了一个。蒙住眼睛的人受着大家的玩戏,在那昏庸的头上摸一下,在那分张的两手上打一下。有各种各样的叫声,蛤蟆叫,狗叫,猪叫,还有人在装哭。要想捉住一个很不容易,从客厅的四个门,会跑到那些小屋去。有时瞎子就摸到小屋去,从门后扯出一个来,也有时误捉了灵秋的小孩。虽然说不准向小屋跑,但总是跑。后一次瞎子摸到王女士的门扇。

"那门不好进去。"有人要告诉他。

"看着,看着不要吵嚷!"又有人说。

全屋静下来,人们觉得有什么奇迹要发生。瞎子的手接触到门扇,他触到门上的铜环响,眼看他就要进去把王女士捉出来,每人心里都想着这个:看他怎样捉啊!

"谁呀!谁?请进来!"跟着很脆的声音开门来迎接客人了!以为她的朋友来访她。

小浪一般冲过去的笑声,使摸门的人脸上的罩布脱掉了,红了脸。王女士笑着关了门。

玩得厌了!大家就坐下喝茶,不知从什么瞎话上又拉到正经问题上。于是"做人"这个问题使大家都兴奋起来。

——怎样是"人",怎样不是"人"?

"没有感情的人不是人。"

"没有勇气的人不是人。"

"冷血动物不是人。"

"残忍的人不是人。"

"有人性的人才是人。"

"……"

每个人都会规定怎样做人。有的人他要说出两种不同做人的标准。起首是坐着说,后来站起来说,有的也要跳起来说。

"人是情感的动物,没有情感就不能生出同情,没有同情那就是自私,为己……结果是互相杀害,那就不是人。"那人的眼睛睁得很圆,表示他的理由充足,表示他把人的定义下得准确。

"你说的不对,什么同情不同情,就没有同情,中国人就是冷血动物，中国人就不是人。"第一个又站了起来，这个人他不常说话，偶然说一句，使人很注意。

说完了，他自己先红了脸，他是山东人，老桐学着他的山东调：

"老猛（孟），你使（是）人不使人？"

许多人爱和老孟开玩笑，因为他老实，人们说他像个大姑娘。

"浪漫诗人"，是老桐的绰号。他好喝酒，让他作诗不用笔就能一套连着一套，连想也不用想一下。他看到什么就给什么做个诗；朋友来了他也做诗：

"梆梆梆，敲门响，呀！何人来了？"

总之，就是猫和狗打架，你若问他，他也有诗，他不喜欢谈论什么人啦！社会啦！他躲开正在为了"人"而吵叫的茶桌，摸到一本唐诗在读：

"——昨日之……日不可留……今日之日……多……烦……忧。"读得有腔有调，他用意就在打搅吵叫的一群。郎华正在高叫着：

"不剥削人，不被人剥削的就是人。"

老桐读诗也感到无味。

"走！走啊！我们喝酒去。"

他看一看只有灵秋同意他，所以他又说：

"走，走，喝酒去。我请客……"

客请完了！差不多都是醉着回来。郎华反反复复地唱着半段歌，是维特别离绿蒂的故事，人人喜欢听，也学着唱。

听到哭声了！正像绿蒂一般年轻的姑娘被歌声引动着，那能不哭？是谁哭？就是王女士。单身的男人在客厅中也被引动了，倒不是被歌声感动，而是被少女的明脆而好听的哭声所引动，非在地心不住地打着转。尤其是老桐，他贪婪的耳朵几乎竖起来，脖子一定更长了点，他到门边去听……他故意说：

"哭什么？真没意思！"

其实老桐感到很有意思，所以他听了又听，说了又说："没意思。"

不到几天，老桐和那女士恋爱了！那女士也和大家熟识了！也到客厅来和大家一道跳舞。从那时起老桐的胡闹也是高等的胡闹了！

在王女士面前他耻于再把红布包在头上，当灵秋叫他去跳滑稽舞的时候，他说：

"我不跳啦！"一点兴致也不表示。

等王女士从箱子里把粉红色的面纱取出来：

"谁来当小姑娘，我给他化装。"

"我来，我……我来……"老桐他怎能像个小姑娘？他像个长颈鹿似的跑过去。

他自己觉得很好的样子，虽然是胡闹，也总算是高等的胡闹。头上顶着面纱，规规矩矩地，平平静静地在地板上动着步。但给人的感觉无异于他脑后的颤动着红扫帚柄的感觉。

别的单身汉，就开始羡慕幸福的老桐。可是老桐的幸福还没十分摸到，那女士已经和别人恋爱了！

所以"浪漫诗人"就开始做诗。正是这时候他失一次盗，丢

掉他的毛毯,所以他就作诗"哭毛毯"。哭毛毯的诗做得很多,过几天来一套,过几天又来一套。朋友们看到他就问:

"你的毛毯哭得怎样了?"

1935年3月至5月间

(收入1936年8月上海生活出版社出版的《商市街》)

患　病

　　我在准备早饭,同时打开了窗子,春朝特有的气息充满了屋子。在大炉台上摆着已经去了皮的地豆,小洋刀在手中仍是不断的转着……浅黄色带着绵性似的地豆,个个在炉台上摆好,稀饭在旁边冒着泡,我一面切着地豆,一面想着:江上连一块冰也融尽了吧!公园的榆树怕是发了芽吧!已经三天不到公园去,吃过饭非去看看不可。

　　"郎华呀!你在外边尽做什么?也来帮我提一桶水去……"

　　"我不管,你自己去提吧。"他在院子来回走,又是在想什么文章。于是我跑着,为着高兴。把水桶翻得很响,斜着身子从汪家厨房出来,差不多是横走,水桶在腿边左摇荡一下,右摇荡一下……

　　菜烧好,饭也烧好。吃过饭就要去江边,去公园。春天就要在头上飞,在心上过,然而我不能吃早饭了,肚子偶然疼起来。

　　我喊郎华进来,他很惊讶!但越痛越不可耐了。

　　他去请医生,请来一个治喉病的医生。

　　"你是患着盲肠炎吧?"医生问我。

　　我疼得那个样子,还晓得什么盲肠炎不盲肠炎的?眼睛发黑了,喉医生在我的臂上打了止痛药针。

"张先生，车费先请自备吧！过几天和药费一起送去。"郎华对医生说。

一角钱也没有了，我又不能说再请医生，白打了止痛药针，一点痛也不能止。

郎华又跑出去，我不知他跑出去做什么，说不出怀着怎样的心情在等他回来。

一个星期过去，我还不能从床上坐起来。第九天，郎华从外面举着鲜花回来，插在瓶子里，摆在桌上。

"花开了？"

"不但花开，树还绿了呢！"

我听说树绿了！我对于"春"不知怀着多少意义。我想立刻起来去看看，但是什么也不能做，腿软得好像没有腿了，我还站不住。

头痛减轻一些，夜里睡得很熟。有朋友告诉郎华：在什么地方有一个市立的公共医院，为贫民而设，不收药费。

当然我挣扎着也要去的。那天是晴天，换好干净衣服，一步一步走出大门，坐上了人力车，郎华在车旁走，起先他是扶着车走，后来，就走在行人道上了。街树不是发着芽的时候，已长好绿叶了！

进了诊疗所，到挂号处挂了名，很长的堂屋，排着长椅子，那里已经开始诊断。穿白衣裳的俄国女人，跑来跑去唤着名字，六七个人一起闯进病室去，过一刻就放出来，第一批人再被呼进来。到这里来的病人，都是穷人，愁眉苦脸的一个，愁眉苦脸的一个。撑着木棍的跛子，脚上生疮缚着白布的肿脚人，肺痨病的女人，白布包住眼睛的盲人，包住眼睛的盲小孩，头上生疮的小孩。对面坐着老外国女人，闭着眼睛，把头靠住椅子，好似睡着，然而她的嘴不住的收缩，她的包头巾在下巴上慢慢牵动……

小孩治疗室有孩子大大的哭叫，内科治疗室门口外国女人又闯出来，又叫着外国名字，一会又有中国人从外科治疗室闯出来，又喊着中国名字……拐脚子和胖脸人都一起走进去……

因为我来得最晚。大概最后才能够叫到我，等得背痛，头痛。

"我们回去吧！明天再来。"坐在人力车上，我已无心再看街树，这样去投医，病象不但没有减轻，好像更加重了些。

不能不去，因为不要钱。第二次去，也被唤着名字走进妇科治疗室，虽等了两点钟，到底进了妇科治疗室。既然进了治疗室，那该说怎样治疗法。

把我引到一个屏风后面，那里摆着一张很宽很高很短的台子，台子的两边还立了两支叉形的东西，叫我爬上这台子去。当时我可有些害怕了，爬上去做什么呢？莫非要用刀割吗？

我坚决的不爬上去，于是那肥胖的外国女人先上去了，没有什么，并不动刀，换着次序我也被治疗了一回，经过这样的治疗并不用吃药，只在肚子上按了按，或是一面按着，一面问两句。我的俄文又不好，所以医生问的，我并不全懂，马马糊糊的就走出治疗室。医生告诉我，明天再来一次，好把药给我。

以后我就没有再去，因为那天我出了诊断所的时候，我是问过一个重病人的，他哼着，他的家属哭着。我以为病人病到不可治的程度，"他们不给药吃，说药贵，让自己去买，那里有钱买？"是这样说向我的。

去了两天诊疗所，等了几个钟头。怕是再去两天，再去等几个钟头，病人就会自然而然的好起来！可惜我没有那样的忍耐性。

1935年3月至5月间

（收入1936年8月上海生活出版社出版的《商市街》）

永远的憧憬和追求

一九一一年,在一个小县城里边,我生在一个小地主的家里。那县城差不多就是中国的最东最北部——黑龙江省——所以一年之中,倒有四个月飘着白雪。

父亲常常为着贪婪而失掉了人性。他对待仆人,对待自己的儿女,以及对待我的祖父都是同样的吝啬而疏远,甚至于无情。

有一次,为着房屋租金的事情,父亲把房客的全套的马车赶了过来。房客的家属们哭着,诉说着,向我的祖父跪了下来,于是祖父把两匹棕色的马从车上解下来还了回去。

为着这匹马,父亲向祖父起着终夜的争吵。"两匹马,咱们是算不了什么的,穷人,这匹马就是命根。"祖父这样说着,而父亲还是争吵。

九岁时,母亲死去。父亲也就更变了样,偶然打碎了一只杯子,他就要骂到使人发抖的程度。后来就连父亲的眼睛也转了弯,每从他的身边经过,我就像自己的身上生了针刺一样;他斜视着你,他那高傲的眼光从鼻梁经过嘴角而后往下流着。

所以每每在大雪中的黄昏里,围着暖炉,围着祖父;听着祖父读着诗篇,看着祖父读着诗篇时微红的嘴唇。

父亲打了我的时候,我就在祖父的房里,一直面向着窗子,从黄昏到深夜——窗外的白雪,好像白棉花一样飘着;而暖炉上水壶的盖子,则像伴奏的乐器似的振动着。

祖父时时把多纹的两手放在我的肩上,而后又放在我的头上,我的耳边便响着这样的声音:

"快快长吧!长大就好了。"

二十岁那年,我就逃出了父亲的家庭。直到现在还是过着流浪的生活。

"长大"是"长大"了,而没有"好"。

可是从祖父那里,知道了人生除掉了冰冷和憎恶而外,还有温暖和爱。

所以我就向这"温暖"和"爱"的方面,怀着永久的憧憬和追求。

1936年12月12日

(原载于1937年1月10日《报告》)

失眠之夜

为什么要失眠呢！烦躁，恶心，心跳，胆小，并且想要哭泣。

我想想，也许就是故乡的思虑罢。

窗子外面的天空高远了，和白棉一样绵软的云彩低近了，吹来的风好像带点草原的气味，这就是说已经是秋天了。

在家乡那边，秋天最可爱。

蓝天蓝得有点发黑，白云就像银子做成一样，就像白色的大花朵似的点缀在天上；就又像沉重得快要脱离开天空而坠了下来似的，而那天空就越显得高了，高得再没有那么高的。

昨天我到朋友们的地方走了一遭，听来了好多的心愿——那许多心愿综合起来，又都是一个心愿——这回若真的打回满洲去，有的说，煮一锅高粱米粥喝；有的说，咱家那地豆多么大！说着就用手比量着，这么大，碗大；珍珠米，老的一煮就开了花的，一尺来长的；还有的说，高粱米粥，咸盐豆。还有的说，若真的打回满洲去，三天三夜不吃饭，打着大旗往家跑。跑到家去自然也免不了先吃高粱米粥或咸盐豆。

比方高粱米那东西，平常我就不愿吃，很硬，有点发涩（也许因为我有胃病的关系），可是经他们这一说，也觉得非吃不可了。

但是什么时候吃呢?那我就不知道了。而况我到底是不怎样热烈的,所以关于这一方面,我终究不怎样亲切。

但我想我们那门前的蒿草,我想我们那后园里开着的茄子的紫色的小花,黄瓜爬上了架。而那清早,朝阳带着露珠一齐来了!

我一说到蒿草或黄瓜,三郎就向我摆手或摇头:"不,我们家,门前是两棵柳树,树荫交织着做成门形。再前面是菜园,过了菜园就是山。那金字塔形的山峰,正向着我们家的门口,而两边像蝙蝠的翅膀似的向着村子的东方和西方伸展开去。而后园黄瓜,茄子也种着,最好看的是牵牛花在石头墙的缝际爬遍了,早晨带着露水牵牛花开了……"

"我们家就不这样,没有高山,也没有柳树……只有……"我常常这样打断他。

有时候,他也不等我说完,他就接下去。我们讲的故事,彼此都好像是讲给自己听,而不是为着对方。

只有那么一天:买来了一张《东北富源图》挂在墙上了,染着黄色的平原上站着小马,小羊,还有骆驼,还有牵着骆驼的小人;海上就是些小鱼,大鱼,黄色的鱼,红色的好像小瓶似的大肚的鱼,还有黑色的大鲸鱼;而兴安岭和辽宁一带画着许多和海涛似的绿色的山脉。

他的家就在离着渤海不远的山脉中,他的指甲在山脉爬着:"这是大凌河……这是小凌河……哼……没有,这个地图是个不完全的,是个略图……"

"好哇！天天说凌河，那儿有凌河呢！"我不知为什么一提到家乡，常常愿意给他扫兴一点。

"你不相信！我给你看。"他去翻他的书橱去了，"这不是么！大凌河……小凌河……小孩的时候在凌河沿上捉小鱼，拿到山上去，在石头上用火烤着吃……这边就是沈家台，离我们家二里路……"因为是把地图摊在地板上看的缘故，一面说着，他一面用手扫着他已经垂在前额的发梢。

《东北富源图》就挂在床头，所以第二天早晨，我一张开了眼睛，他就抓住了我的手：

"我想将来我回家的时候，先买两匹驴，一匹你骑着，一匹我骑着……先到我姑姑家，再到我姐姐家……顺便也许看看我的舅舅去……我姐姐很爱我……她出嫁以后，每回来一次就哭一次，姐姐一哭，我也哭……这有七八年不见了！也都老了。"

那地图上的小鱼，红的，黑的，都能够看清，我一边看着，一边听着，这一次我没有打断他，或给他扫一点兴。

"买黑色的驴，挂着铃子，走起来……铛啷啷铛啷啷……"他形容着铃音的时候，就像他的嘴里边含着铃子似的在响。

"我带你到沈家台去赶集。那赶集的日子，热闹！驴身上挂着烧酒瓶……我们那边，羊肉非常便宜……羊肉炖片粉……真是味道！唉呀！这有多少年没吃那羊肉啦！"他的眉毛和额头上起着很多皱纹。

我在大镜子里边看了他，他的手从我的手上抽回去，放在他自己的胸上，而后又背着放在枕头下面去，但很快地又抽出来。

只理一理他自己的发梢又放在枕头上去。

而我呢？我想：

"你们家对于外来的所谓'媳妇'也一样吗？"我想着这样说了。

这失眠大概也许不是因为这个。但买驴子的买驴子，吃咸盐豆的吃咸盐豆，而我呢？坐在驴子上，所去的仍是生疏的地方，我停着的仍然是别人的家乡。

家乡这个观念，在我本不甚切的，但当别人说起来的时候，我也就心慌了！虽然那块土地在没有成为日本的之前，"家"在我就等于没有了。

这失眠一直继续到黎明，黎明之前，在高射炮的声中，我也听到了一声声和家乡一样的震抖在原野上的鸡鸣。

1937年8月23日

（原载于1937年9月18日《七月》）

记鹿地夫妇

池田在开仗的前夜，带着一匹小猫仔来到我家的门口，因为是夜静的时候，那鞋底拍着楼廊的声音非常响亮。

"谁呀！"

这声音并没有回答，我就看到是日本朋友池田，她的眼睛好像被水洗过的玻璃似的那么闪耀。

"她怎么这时候来的呢？她从北四川路来的……"这话在我的思想里边绕了一周。

"请进来呀！"

一时看不到她的全身，因为她只把门开了一个小缝。

"日本和中国要打仗。"

"什么时候？"

"今天夜里四点钟。"

"真的吗？"

"一定的。"

我看一看表，现在是十一点钟。

"一、二、三、四、五——"我说还有五个钟头。

那夜我们又讲了些别的就睡了。军睡在外室的小床上，我和池田就睡在内室的大床上。这一夜没有睡好，好像很热，小猫仔又那么叫,从床上跳到地上,从地上又跳到椅子上,而后再去撕着窗帘。快到四点钟的时候,我好像听到了两下枪声。

"池田,是枪声吧!"

"大概是!"

"你想鹿地怎么样,若真的今开仗,明天他能跑出来不能?"

"大概能,那就不知道啦!"

夜里开枪并不是事实,第二天我们吃完饭,三个人坐在地板的凉席上乘凉。这时候鹿地来了,穿一条黄色的短裤,白衬衫,黑色的卷卷头发,日本式的走法。走到席子旁边,很习惯的就脱掉鞋子坐在席子上。看起来他很快活,日本话也说,中国字也有。他赶快的吸纸烟,池田给他作翻译。他一着急就又加几个中国字在里面。转过脸来向我们说:

"是的,拍!拍,拍!开枪啦……"

"是什么地方开的?"我问他。

"在陆战队……边上。"

"你看见了吗?"

"看见的……"

他说话十分喜欢用手势:

"我,我,我看见啦。北回川路没有人,北回川路死啦……完全死啦!"而后他用手巾揩着汗。但是他非常快活,笑着,全身在轻松里边打着转。我看他像洗过羽毛的雀子似的振奋,因为他的眼光和嘴唇都像讲着与他不相干的同时非常感到兴味的人一样。

夜晚快要到来，第一发的炮声过去了。而我们四个人——池田，鹿地，萧军和我——正在吃晚饭，池田的大眼睛对着我，萧军的耳向旁边歪着，我则感到心脏似乎在移动。但是我们合起声音来：

"哼！"彼此点了点头。

鹿地有点像西洋人的嘴唇，扣得很紧。

第二发炮弹发过去了。

池田仍旧用日本女人的跪法跪在席子上，我们大概是用一种假象把自己平定下来，所以仍旧吃着饭。鹿地的脸色自然变得很不好看了。若是我，我一定想到这炮声就使我脱离了祖国。但是他的感情一会就恢复了。他说：

"日本这回坏啦，一定坏啦……"这话的意思是日本要打败的，日本的老百姓要倒楣的，他把这战争并不看得怎样可怕，他说日本军阀早一天破坏早一天好。

第二天他们到S.家去住的。我们这里不大方便，邻居都知道他们是日本人，还有一个白俄在法国捕房当巡捕。街上打间谍，日本警察到他们从前住过的地方找过他们。在两国夹攻之下，他们开始被陷进去。

第二天我们到S.家去看他们的时候，他们住在三层楼上，尤其是鹿地很开心，俨俨乎和主人一样。两张大写字台，靠着窗子，写字台这边坐着一个，那边坐着一个，嘴上都叼着香烟，白金龙香烟四五罐，堆成个小塔型在桌子头上。他请我吃烟的时候，我看到他已经开始工作。很讲究的黑封面的大本子摊开在他的面前，他说他写日记了，当然他写的是日文，我看了一下也看不懂。一抬头看到池田在那边也张开了一个大本子。我想这真不得了，这种克制自己的力量，中国人很少能够做到。无论怎样说，这战争对于他们比对于我们，总是更痛苦的。又过了两天，大概他们已经写了一些日记了。他们开始劝我们，为什么不参加团体工作呢？鹿地说：

"你们不认识救亡团体吗？我给介绍！"这样好的中国话是池田给修改的。

"应该工作了，要快工作，快工作，日本军阀快完啦……"

他们说现在写文章，以后翻成别国文字，有机会他们要到各国去宣传。

我看他们好像变成了中国人一样。

三二日之后去看他们，他们没有了。S.说他们昨天下午一起出去就没有回来，临走时说吃饭不要等他们，至于那里去了呢？S.说她也不知道。又过了几天，又问了好几次，仍旧不知道他们在那里。

或者被日本警察捉去啦，送回国去啦！或者住在更安全的地方，大概不能有危险吧！

一个月以后的事：我拿刀子在桌子上切葱花，准备午饭，这时候，有人打门，走进来的人是认识的，可是他一向没有来过，这次的来不知有什么事。但很快就得到结果了：鹿地昨夜又来到S.家。听到他们并没有出危险，很高兴。但他接着再说下去就是痛苦的了。他们躲在别人家里躲了一个月，那家非赶他们离开不可，因为居住日本人，怕当汉奸看待。S.家很不便，当时S.做救亡工作，怕是日本探子注意到。

"那么住到那里去呢？"我问。

"就是这个问题呀！他们要求你去送一封信，我来就是找你去送信，你立刻到S.家去。"

我送信的地方是个德国医生，池田一个月前在那里治过病，当上海战事开始的时候，医生太太向池田说过：假若在别的地方住不方便，可以搬到她家去暂住。有一次我陪池田去看医生，池田问他：

"你喜欢希特拉吗？"

医生说："唔……不喜欢。"并且说他不能够回德国。

根据这点，池田以为医生是很好的人，同时又受希特拉的压迫。

我送完了信，又回到S.家去，我上楼说：

"可以啦，大概是可以。"

回信，我并没拆开读，因为我的英文不好。他们两个从地板上坐起来。打开这信：

"随时可来，我等候着……"池田说信上写着这样的话。

"我说对么！那医生当我临走的时候还说，把手伸给他，我知道他就了解了。"

这回鹿地并不怎样神气了，说话不敢大声，不敢站起来走动。晚饭就坐在地板的席子上吃的，台灯放在地上，灯头被蒙了一块黑纱布，就在这微黑的带着神秘的三层楼上，我也和他们一起吃的饭。我端起碗来，再三的不能把饭咽下去，我看一看池田发亮的眼睛，好像她对她自己未知的命运还不如我对他们那样关心。

"吃鱼呀！"我记不得是他们谁把一段鱼尾摆在我的碗上来。

当着一个人，在他去试验他出险的道路前一刻，或者就正在出险之中，为什么还能够这样安宁呢！我实在对这晚餐不能够多吃。我为着我自己，我几次说着多余的闲间话：

"我们好像山寨们在树林里吃饭一样……"按着我还是说："不是吗？看像不像？"

回答这话的没有人，我抬头看一看四壁，这是一间藏书房，四壁黑沉沉的站着书箱或书柜。

八点钟刚过，我就想去叫汽车，他们说，等一等，稍微晚一点更好。

鹿地开始穿西装，白裤子，黑上衣，这是一个西洋朋友给他的旧衣裳（他自己的衣裳从北四川路逃出来时丢掉了）。多么可笑啊！又像贾伯林又像日本人。

"这个不要紧！"指着他已经蔓延起来的胡子对我说："像日本人不像？"

"不像。"但明明是像。

等汽车来了时，我告诉他：

"你绝对不能说话，中国话也不要说，不开口最好，若忘记了说出日本字来那是危险的。"

报纸上登载过法租界和英租界交界的地方，常常有小汽车被验查。假若没有人陪着他们，他们两个差不多就和哑子一样了。鹿地干脆就不能开口。至于池田一听就知道说的是日本的中国话。

那天晚上下着一点小雨，记得大概我是坐在他们两个人之间，有两小箱笼颠动在我们膝盖的前边。爱多亚路被指路灯所照，好像一条虹彩似的展开在我们的面前，柏油路被车轮所擦过的纹痕，在路警指管着的红绿灯下，变成一条红的，而后又变成一条绿的，我们都把眼睛看着这动乱交错的前方。同时司机人前面那块玻璃上有一根小棍来回的扫着那块扇形的地盘。

车子到了同孚路口了，我告诉车子左转，而后靠到马路的右边。

这座大楼本来是有电梯的，因为司机人不在，等不及了，就从扶梯跑上去。我们三个人都提着东西，而又都跑得快，好像这一路没有出险，多半是因为这最末的一跑才做到的。

医生在小客厅里接待着鹿地夫妇：

"弄错了啦！嗯！"

我所听到的，这是什么话呢？我看看鹿地，我看看池田，再看看胖医生。

"医生弄错啦，他以为是要来看病的人，所以随时可来。"

"那么房子呢？"

"房子他没有。"池田摆一摆手。

我想这回可成问题了，我知道S.家绝对不能再回去。找房子立刻是可能的吗？而后我说到我家去可以吗？

池田说："你们家那'白俄'呀！"

医生还不错，穿了雨衣去替他们找房子去了。在这中间，非常恐慌。他说房子就在旁边，可是他去了好多时候没有回来。

"箱子里边有写的文章啊！老医生不是去通知捕房？"池田的眼睛好像枭鸟的眼睛那么大。

过了半点钟的样子，医生回来了，医生又把我们送到那新房子。

走进去一看,就像个旅馆,茶房非常多,说中国话的,说法国话的,说俄国话的,说英国话的。

刚一开战,鹿地就说过要到国际上去宣传,我看那时候他可差不多去到国际上了。

这地方危险是危险的,怎么办呢?只得住下了。

中国茶房问:

"先生住几天呢?"

我说住一两天,但是鹿地说:"不!不!"只说了半截就回去了,大概是日本话又来到嘴边上。

池田有时说中国话,有时说英国话,茶房来了一个,去了,又来了一个。

鹿地静静的站在一边。

大床,大桌子,大沙发,棚顶垂着沉重的带着锁链的大灯头。并且还有一个外室,好像阳台一样。

茶房都去了,鹿地仍旧站着,地心有一块花地毯,他就站在地毯的边上。

我告诉他不要说日本话,因为隔壁的房子说不定住的是中国人。

"好好的休息吧!把被子摊在床上,衣箱就不要动了,三两天就要搬的。我把这情形通知别的朋友……"往下我还有话要说,中国茶房进来了,手里端着一个大白铜盘子,上面站着两个汽水瓶。我想这个五块钱一天的旅馆还给汽水喝!问那茶房,那茶房说是白开水,这开水怎样卫生,怎样经过过滤,怎样多喝了不会生病。正在这时候，他却来讲卫生了。

向中国政府办理证明书的人说，再有三五天大概就替他们领到，可是到第七天还没有消息。他们在那房子里边，简直和小鼠似的，地板或什么东西有时格格地作响，至于讲话的声音，外边绝对听不到。

每次我去的时候，鹿地好像还是照旧的样子，不然就是变了点，也究竟没变了多少，喜欢讲笑话。不知怎么想起来的，他又说他怕女人：

"女人！我害怕，别的我不怕……女人我最怕。"

"帝国主义你不怕？"我说。

"我不怕，我打死他。"

"日本警察捉你也不怕？"我和池田是站在一面的。

池田听了也笑，我也笑，池田在这几天的不安中也破例了。

"那么你就不用这里逃到那里，让日本警察捉去好啦！其实不对的，你还是最怕日本警察。我看女人并不绝顶的厉害，还是日本警察绝顶的厉害。"

我们都笑了，但是都没有高声。

最显现在我面前的是他们两个有点憔悴的颜面。

有一天下午，我陪着他们谈了两个多钟头，对于这一点点时间，他们是怎样的感激呀！我临走时说：

"明天有工夫，我早点来看你们，或者是上午。"

尤其是池田立刻说谢谢，并且立刻和我握握手。

第二天我又来迟了，池田不在房里。鹿地一看到我，就从桌上摸到一块白纸条。他摇一摇手而后他在纸条上写着：

今天下午有巡捕在门外偷听了,一下午英国巡捕(即印度巡捕),中国巡捕,从一点钟起停到五点钟才走。

但最感动我的是他在纸条上出现着这样的字:——今天我决心被捕。

"这被捕不被捕,怎能是你决心不决心的呢?"这话我不能对他说,因为我知道他用的是日本文法。

我又问他打算怎样呢?他说没有办法,池田去到S.家里。

那个时候经济也没有了,证明书还没有消息,租界上日本有追捕日本人或韩国人的自由。想要脱离租界,而又一步不能脱离。到中国地去,要被中国人误认作间谍。

他们的生命,就像系在一根线上脆弱。

那天晚上,我把他们的日记、文章和诗,包集起来带着离开他们。我说:

"假使日本人把你们捉回去,说你们帮助中国,总是没有证据的呀!"

我想我还是赶快走的好,把这些致命的东西快些带开。

临走时我和他握握手,我说不怕。至于怕不怕,下一秒钟谁都没有把握。但我是说了,就像说给站在狼洞里边的孩子一样。

以后再去看他们,他们就搬了,我们也就离开上海。

1938年2月20日

(原载于1938年5月1日《文艺阵地》)

寄东北流亡者

沦落在异地的东北同胞们：

当每个秋天的月亮快圆的时候，你们的心总被悲哀装满。想起高粱油绿的叶子，想起白发的母亲或幼年的亲眷。

你们的希望曾随着秋天的满月，在幻想中赊取了七次，而每次都是月亮如期的圆了，而你们的希望却随着高粱叶子萎落。但是自从"八一三"之后，上海的炮火响了，中国政府积极抗战揭开，九一八的成了习惯的暗淡与愁惨却在炮火的交响里换成了激动，兴奋和感激。这时，你们一定也流泪了。这是感激的泪，兴奋的泪，激动的泪。

记得抗战以后，第一个九一八是怎样纪念的呢？

中国飞行员在这天做了突击的工作，他们对于出云舰的袭击作了出色的功绩。

那夜里，日本神经质的高射炮手，浪费的用红色的绿色的淡蓝色的炮弹把天空染红了。但是我们的飞行员仍然以精确的技巧和沉毅的态度来攻击这摧毁文化摧毁和平的法西斯魔手。几百万市民都仰起头来寻觅，其实他们是什么也看不见的，但是他们一定要看。在那黑魆魆的天空里仿佛什么都找不到，而这里就隐藏着我们抗战的活动的每个角度。

第一个煽惑起东北同胞的思想的是："我们就要回家去了！"

是的，家是可以回去的，而且家也是好的，土地是宽阔的，米粮是富足的。

是的，人类是何等的对着故乡寄注了强烈的怀念呵！黑人对着迪斯的痛苦的响往，爱尔兰的诗人夏芝想回到那有"蜂房一窠，菜畦九畴"的茵尼斯，作过水手的约翰·曼殊斐儿狂热的愿意回到海上。

但是等待了七年的同胞们，单纯的心急是没用的，感情的焦躁不但无价值，而常常是理智的降低。要把急切的心情放在工作的表现上才对。我们的位置就是永远站在别人的前边的那个位置。我们是应该第一个打开了门而是最末走进去的人。

抗战到现在已经遭遇到最坚苦的阶段，而且也就是最后胜利接近的阶段。在美国贾克伦敦所写的一篇短篇小说上，描写两个拳师在冲击的斗争里，只系于最后的一拳。而那个可怜的"老拳师"所以失败了的原因，也只在少吃了一块"牛扒"。假若事先他能在肚里装进一块"牛扒"，胜利一定属于他的。

东北流亡同胞，我们的地大物博，决定我们的沉着毅勇，正与敌人的急功切进相反，所以最后的一拳一定是谁最沉着的就是谁打得最有力。我们应该献身给祖国作前卫的工作，就如我们应该把失地收复一样。这是无可怀疑的。

东北流亡同胞们，为了失去的土地上的高粱，谷子，努力吧！为了失去的土地上年老的母亲，努力吧！为了失去的地面上的痛心的一切的记忆，努力吧！

而且我们要竭力克服残存的那种"小地主"意识和官僚主义的余毒，赶快的加入到生产的机构里，因为九一八以后的社会变更，已经使你们失去了大片土地的依存，要还是固守从前的生活方式，坐吃山空，那样你们的资产将只剩了哀愁和苦闷。作个商人去，作个工人去，作一个能生产的人比作一个在幻想上满足自己的流浪人，要对国家有利得多。

幻想不能泛滥，现实在残酷的抨击你的时候，逃避只会得到更坏的暗袭。

时值流亡在异乡的故友们，敬希珍重。拥护这个抗战和加强这个抗战，向前走去！

（原载于1938年9月18日《大公报·战线》）

孩子的讲演

这一个欢迎会，出席的有五六百人，站着的，坐着的，还有挤在窗台上的。这些人多半穿着灰色的制服，因为除了教授之外，其余的都是这学校的学生，而被欢迎的则是另外一批人，这小讲演者就是被欢迎之中的一个。

第一个上来了一个花胡子的，两只手扶着台子的边沿，好像山羊一样，他垂着头讲话，讲了一段话，而后把头抬了一会，若计算起来大概有半分钟，在这半分钟之内，他的头特别向前伸出，会叫人立刻想起在图画上曾看过的长颈鹿。等他的声音再一开始，连他的颈子，连他额上的皱纹都一齐摇震了一下，就像有人在他的背后用针刺了他的样子。再说他的花胡子，虽然站在这大厅的最末的一排，也能够看到是已经花的了。因为他的下巴过于喜欢运动，那胡子就和什么活的东西挂在他的下巴上似的，但他的胡子可并不长。

"……他……那人说的是什么？为什么这些人都笑！"

在掌声中人们就笑得哄哄的，也用脚擦着地板。因为这大厅四面都开着窗子，外边的风声和这几百人的哄声，把别的一切会发响的都止息了；咳嗽声，剥着落花生的声音，还有别的悉悉索索的从群众发出来的特有的声音，也都听不见了。

当然那孩子问的也没有人听见。

"告诉我！笑什么……笑什么……"他拉住了他旁边的那女同志，他摇着她的胳臂。

"可笑呵……笑他滑稽，笑他那样子。"那女同志一边用手按住嘴，一边告诉那孩子，"你看吧……在那边，在那个桌子角上还没有坐下来呢……他讲演的时候，他说日本人呵哈你们说，你们说……中国人呵哈，你们说，你们说……高丽人呵哈……你们说，'你们说……你们说，你们说。'他说了一大串呀……"

那孩子站起来看看，他是这大厅中最小的一个，大概也没看见什么，就把手里剥好的花生米放在嘴里，一边嚼着一边拍着那又黑又厚的小肥手掌，等他团体里的人叫着：

"王根！小王根……"

他才缩一缩脖颈，把眼睛往四边溜一下，接着又去吃落花生，吃别的在风沙地带所产的干干的果子，吃一些混着沙土的点心和芝麻糖。

王根他记得从出生以来，还没有这样大量的吃过，虽然他从加入了战地服务团，在别处的晚会或欢迎会上也吃过糖果，但没有这样多并且也没有这许多人，所以他回想着刚才他排着队来赴这个欢迎会路上的情景，他越想越有意思，比方那高高的城门楼子，走在城门楼子里说话那种空洞的声音，一出城门楼子，就看到那么一个圆圆的月亮，而且可以随时听到满街的歌声，这些歌子，他也都会唱。并且他还骄傲着；他觉得他所会的歌比他所听到的还多着哩！他还会唱小曲子，还会打莲花落……这些都是来到战地服务团里学的。

"……别看我年纪小,抗日的道理可知道得并不少……唾登唾……唾登唾……"他在冒着尘土的队尾上,偷着用脚尖转了个圈,他一边走路一边作着唱莲花落时的姿式。

现在他又吃着这许多东西,又看着这许多人。他的柔和的眼光,好像幼稚的兔子在它幸福饱满的时候所发出的眼光一样。

讲演者一个接着一个,女讲演者,老讲演者,多数的是年青的讲演者。

由于开着窗子和门的关系,所有的讲演者的声音,都不十分响亮,平凡的,拖长的……因为那些所讲的悲惨的事情都没有变样,一个说日本帝国主义,另一个也说日本帝国主义。那些过于庄严的脸孔,在一个欢迎会是不大相宜。只有蜡烛的火苗抖擞得使人起了一点宗教感。觉得客人和主人都是虔诚的。

被欢迎的宾客,是一个战地服务团。当那团里的几个代表讲演完毕,一阵暴风雨似的掌声,不知道是谁提议叫孩子王根也走上讲台。

王根发烧了,立刻停止了所吃的东西,血管里的血液开始不平凡的流动起来。好像全身就连耳朵都侵进了虫子,热,昏花。他对自己的讲演,平常很有把握,在别的地方也说过几次话,虽然不能够证明自己的声音大小,但是并不恐惧,就像在台上唱莲花落时一样没有恐惧,这次,他也并不是恐惧,因为这地方人多,又都是会讲演的,他想他特别要说得好一点。

他没有走上讲台去,人们就使他站上他的木凳。

于是王根站上了自己的木凳。

人们一看到他就喜欢他，他的小脸一边圆圆的红着一块，穿着短小的，好像小兵似的衣服，戴着灰色的小军帽，他一站上木凳来，第一件事是他手放在帽沿前行着军人的敬礼。而后为着稳定一下自己，他还稍稍的站了一会还向四边看看，他刚开口，人们禁止不住对他贯注的热情就笑了起来。这种热情并不怎样尊敬他，多半把他看成一个小玩物，一种蔑视的爱起浮在这整个的大厅。

"你也会讲演吗？你这孩子……你这小东西……"人们都用这种眼光看看他，并且张着嘴，好像要吃了他，他全身都热起来了。

王根刚一开始，就听到周围哄哄的笑声，他把自己检点了一下：

"是不是说错啦？"因为他一直还没有开口。

他证明自己没有说错，于是，接着说下去，他说他家在赵城……

"我离开家的时候，我家还剩三个人，父亲，母亲和妹妹，现在赵城被敌人占了，家里还有几个人，我就不知道了。我跑到服务团来，父亲还到服务团来找我回家，他说母亲让我回去，母亲想我我不回去，我说日本鬼子来把我杀了，还想不想？我就在服务团里当了勤务。我太小，打日本鬼子不分男女老幼。我当勤务在宣传的时候我也上台唱莲花落……"

又当勤务，又唱莲花落，不是没有人笑，不知为什么反而平静下去，大厅中人们的呼吸和游丝似的轻微。蜡烛在每张桌子上抖擞着，人们之中有的咬着嘴唇，有的咬着指甲，有的把眼睛掠过人头而投视着窗外，站在后边的那一堆灰色的人，就像木刻图上所刻的一样，笨重、粗糙，又是完全一类型，他们的眼光都像反映在海面上的天空那么深沉，那么无底。窗外则站着更冷静的月亮。

那稀薄的白色的光，扫遍着全院子的房顶，就是说扫遍了全个学校的校舍，它停在古旧的屋瓦上，停在四周的围墙上。在风里边卷着的沙土和寒带的雪粒似的，不住的扫着墙根，扫着纸窗，有时更弥补了阶前房后不平的坑坑洼洼。

一九三八年的春天，月亮引走在山西的某一座城上，它和每年的春天一样。但是今夜它在一个孩子的面前做了一个伟大的听众。

那稀薄的白光就站在门外五尺远的地方，从房檐倒下来的影子，切了整整齐齐的一排花纹横在大厅的后边。

大厅里像排着什么宗教的仪式。

小讲演者虽然站在凳子上，并不比人高出多少。

"父亲让我回家，我不回家，让我回家，我……我不回家……我就在服务团里当了勤务，我就当了服务团里的勤务。"

他听到四边有猛烈的鼓掌的声音，向他潮水似的涌来，他就心慌起来，他想他的讲演还没有完，人们为什么鼓掌？或者是说错了！又想，没有错，还不是有一大段吗？还不是有日本帝国主义没有加上吗？他特别用力镇定着自己，把手插在口袋去，他的肚子好像涨了起来，向左边和右边摇了几下，小嘴好像含着糖球涨得圆圆的。

"我当了勤务……当了服务团里的勤务……我……我……"

人们接着掌声，就来了笑声，笑声又接起着掌声。王根说不下去了，他想一定是自己出了笑话，他要哭，他想马上发现出自己的弱点以便即刻纠正，但是不成，他只能在讲完之后，才能检点出来，或者是衣服的不齐整，或者是自己的呆样子，他不能理解这笑是人们对他多大的爱悦。

"讲下去呀！王根……"他本团的同志喊着他。

"日本帝国主义……日本鬼子。"他就像喝过酒的孩子，从木凳上跌落下来的一样。

他的眼泪已经浸上了睫毛，他什么也看下见，他不知道他是站在什么地方，他不知道他自己是在做什么。他觉得就像玩着的时候从高处跌落下来一样的瘫软，他觉得自己的手肥大到可怕而举不动的程度，当他用手背揩抹着滚热的眼泪的时候。

人们的笑声更不可制止了。看见他哭了。

王根想：这讲演是失败了，完了，光荣在他完全变成了懊悔，而且是自己破坏了自己的光荣，他没有勇气再作第三次的修正，他要从木凳坐下来，他刚一开始弯曲他的膝盖，就听到人们向他呼喊！

"……讲得好，别哭啊……再讲再讲……没有完，没有完……"

其余的别的安慰他的话，他就听不见了，他觉得这都是嘲笑，于是更感到自己的耻辱，更感到不可逃避，他几乎哭出声来，他便自跌到不知道是什么人的怀里大哭起来。

这天晚上的欢迎会，一直继续到半夜。

王根再也不吃摆在他面前的糖果了。他把头压在桌边上，就像小牛把头撞在栏栅上那么粗蛮，他手里握着一个红色上面带着黄点的山楂，那山楂，就像用热水洗过的一样。当他用右手抹着眼泪的时候，那小果子就在左手的手心里冒着气，当他用左手抹着眼泪的时候,那山楂就在他右手的手心里冒着气。

为什么人家笑呢?他自己还不大知道,大概是自己什么地方说错了,可是又想不起来,好比家住在赵城,这没有错,来到服务团,也没有错,当了勤务也没有错,打倒日本帝国主义也没说错……这他自己也不敢确信了,因为那时候在笑声中,把自己实在闹昏了。

退出大厅时,王根照着来时的样子排在队尾上,这回在路上他没有唱莲花落,他也没有听到四处的歌声,但也实在是静了。只有脚下踢起来的尘土还是冒着烟儿的。

这欢迎会开过了,就被人们忘记了,若不去想,就像没有这么回事存在过。

可是在王根,一个礼拜之内,他常常从夜梦里边坐起来,但永远梦到他讲演,并且每次讲到他当勤务的地方,就讲不下去了,于是他怕,他想逃走,可是总逃走不了,于是他叫喊着醒来了,和他同屋睡觉的另外两个比他年纪大一点的小勤务的鼾声证明了他自己也和别人一样的在睡觉,而不是在讲演。

但是那害怕的情绪,把他在小床上缩做了一个团子,就仿佛在家里的时候为着夜梦所恐惧缩在母亲的身边一样。

"妈妈……"这是他往日自己做孩子时候的呼喊。

现在王根一点声音也没有就又睡了,虽然他才九岁,因为他做了服务团的勤务,他就把自己也变作大人。

1938年10月

[收入1940年3月上海杂志公司(重庆)出版的《旷野的呼喊》]

索非亚的愁苦

侨居在哈尔滨的俄国人那样多。从前他们骂着："穷党，穷党。"

连中国人开着的小酒店或是小食品店都怕穷党进去。谁都知道穷党喝了酒常常付不出钱来。

可是现在那骂着穷党的，他们做了穷党了：马车夫，街上的浮浪人，叫化子，至于那大胡子的老磨刀匠，至于那去过欧战的独腿人。那拉手风琴在乞讨铜板的，人们叫他街头音乐家的独眼人。

索非亚的父亲就是马车夫。

索非亚是我的俄文教师。

她走路走得很漂亮，像跳舞一样。可是她跳舞跳得怎样呢？那我不知道，因为我还不懂得跳舞。但是我看她转着那样圆的圈子，我喜欢她。

没多久，熟识了之后，我们是常常跳舞的。

"再教我一个新步法！这个，你看我会了。"

桌上的表一过十二点，我们就停止读书。我站起来，走了一点姿式给她看。

"这样可以吗？左边转，右边转，都可以。"

"怎么不可以！"她的中国话讲得比我们初识的时候更好了。

为着一种情感，我从不以为她是一个"穷党"，几乎连那种观念也没有存在。

她唱歌唱得也很好，她又教我唱歌。有一天，她的手指甲染得很红的来了。还没开始读书，我就对她的手很感到趣味，因为没有看到她装饰过。她从不涂过粉，嘴唇也是本来的颜色。

"嗯哼，好看的指甲啊！"我笑着。

"呵！坏的，不好的，涅克拉西为。"可是她没有笑，她一半说着俄国话。'涅克拉西为'是不美的难看的意思。

我问她："为什么难看呢？"

"读书，读书，十一点钟了。"她没有回答我。

后来我们再熟识的时候，不仅跳舞，唱歌，我们谈着服装，谈着女人：西洋女人，东洋女人，俄国女人，中国女人。有一天我们正在讲解着文法。窗子上有红光闪了一下，我招呼着：

"快看！漂亮哩！"房东的女儿穿着红缎袍子走过去。

我想，她一定要称赞一句，可是她没有：

"白吃白喝的人们！"

这样合乎文法完整的名词，我不知道为什么她能说出来？当时我只是为着这名词的构造而惊奇。至于这名词的意义好像以后才发现出来。

后来，过了很久，我们谈着思想，我们成了好友了。

"白吃白喝的人们，是什么意思呢？"我已经问过她几次了，但仍常常问她。

她的解说很有意思：

"猪一样的，吃得很好，睡得很好。什么也不做，什么也不想……"

"那么，白吃白喝的人们将来要做穷党了吧？"

"是的，要做穷党的。不，可是……"她连一丝笑纹也从脸上退走了。

不知多久，没再提到"白吃白喝"这句话。我们又回转到原来友情上的寸度：跳舞，唱歌，连女人也不再说到。我的跳舞步法也和友情一样没有增加，这样一直继续到"巴斯哈节"。

节前的几天，索非亚的脸色比平日更惨白些，嘴唇白得几乎和脸色一个样，我也再不要求她跳舞。

就是节前的一日，她说：

"明天过节，我不来，后天来。"

后天，她来的时候，她向我们说着她愁苦，这很意外。友情因为这个好像又增加起来。

"昨天是什么节呢？"

"'巴斯哈节'，为死人过的节，染红的鸡子带到坟上去，花圈带到坟上去……"

"什么人都过吗？犹太人也过'巴斯哈节'吗？"

"犹太人也过，穷党也过，不是穷党也过。"

到现在我想知道索非亚为什么她也是穷党，然而我不能问她。

"愁苦，我愁苦……妈妈又生病，要进医院，可是又请不到免费证。"

"要进那个医院?"

"专为俄国人设的医院。"

"请免费证,还要很困难的手续吗?"

"没有什么困难的,只要不是穷党。"

有一天,我只吃着干面包。那天她来得很早,差不多九点半钟她就来了。

"营养不好,人是瘦的,黑的,工作得少,工作得不好。慢慢健康就没有了。"

我说:"不是,只喜欢空吃面包,而不喜欢吃什么菜。"

她笑了:"不是喜欢,我知道为什么。昨天我也是去做客,妹妹也是去做客。爸爸的马车没有赚到钱,爸爸的马也是去做客。"

我笑她:"马怎么也会去做客呢?"

"会的,马到它的朋友家里去,就和它的朋友站在一道吃草。"

俄文读得一年了!索非亚家的大牛生了小牛她也是向我说的,并且当我到她家里去做客,若当老羊生了小羊的时候,我总是要吃羊奶的。并且在她家里我还看到那还不很会走路的小羊。

"吉卜西人是穷党吗?怎么中国人也叫他们穷党呢?"这样话,好像在友情最高的时候更不能问她。

"吉卜西人也会讲俄国话的,我在街上听到过。"

"会的,犹太人也多半会俄国话!"索非亚的眉毛动弹了一下。

"在街上拉手风琴的,一个眼睛的人,他也是俄国人吗?"

"是俄国人。"

"他为什么不回国呢?"

"回国!那你说我们为什么不回国!"她的眉毛好像在黎明时候静止着的树叶,一点也没有摇摆。

"我不知道。"我实在是慌乱了一刻。

"那么犹太人回什么国呢?"

我说:"我不知道。"

春天柳条抽着芽子的时候,常常是阴雨的天气,就在雨丝里一种沉闷的鼓声来在窗外了:

"咚咚,咚咚!"

"犹太人,他就是父亲的朋友,去年'巴斯哈节'他是在我们家里过的。他世界大战的时候去打过仗。"

"咚咚,咚咚,瓦夏!瓦夏!"

我一面听着鼓声,一面听到喊着瓦夏,索非亚的解说在我感不到力量和微弱。

"为什么他喊着瓦夏?"我问。

"瓦夏是他的伙伴,你也会认识他……是的,就是你说的中央大街上拉手风琴的人。"

那犹太人的鼓声并不响了,但仍喊着瓦夏,那一双肩头一齐耸起又一齐落下,他的腿是一只长腿一只短腿。那只短腿使人看了会并不相信是存在的,那是从腹部以下就完全失去了,和丢掉一只腿的蛤蟆一样畸形。

他经过我们的窗口,他笑笑。

"瓦夏走得快哪!追不上他了。"这是索非亚给我翻译的。

等我们再开始讲话，索非亚她走到屋角长青树的旁边：

"屋子太没趣了，找不到灵魂，一点生命也感不到的活着啊！冬天屋子冷，这树也黄了。"

我们的谈话，一直继续到天黑。

索非亚述说着在落雪的一天，她跌了跤，从前安得来夫将军的儿子在路上骂她"穷党"。

"……你说，那猪一样的东西，我该骂他什么呢？——骂谁穷党！你爸爸的骨头都被穷党的煤油烧掉了——他立刻躲开我，他什么话也没有再回答。穷党，吉卜西人也是穷党，犹太人也是穷党。现在真真的穷党还不是这些人，那些沙皇的子孙们，那些流氓们才是真真的穷党。"

索非亚的情感约束着我，我忘记了已经是应该告别的时候。

"去年的巴斯哈节，爸爸喝多了酒，他伤心……他给我们跳着舞，唱高加索歌……我想他唱的一定不是什么歌曲，那是他想他家乡的心的嚎叫，他的声音大得厉害哩！我的妹妹米娜问他：'爸爸唱的是那里的歌？'他接着就唱起'家乡''家乡'来了，他唱着许多家乡。可是我和米娜一点也不知道'家乡'，我们生在中国地方，高加索，我们对它一点什么也不知道。妈妈也许是伤心的，她哭了！犹太人哭了——拉手风琴的人，他哭的时候把吉卜西女孩抱了起来。也许他们都想着'家乡。'可是，吉卜西女孩不哭，我也不哭。米娜还笑着，她举起酒瓶来跟着父亲跳高加索舞，她一面说：'这就是火把！'爸爸说：'对的。'他还是说高加索舞是有火把的。米娜一定是从电影上看到过火把。……爸爸举着三弦琴。"

"爸爸坐下来,手风琴还没立刻停住。'你很高兴吗?高加索舞很好看吗?米娜,你还没有看到过真正的高加索舞,你不是高加索的孩子!'爸爸问着她。"

索非亚忽然变了一种声音:

"不知道吧!为什么我们做穷党?因为是高加索人。哈尔滨的高加索人还不多,可是没有生活好的。从前是穷党,现在还是穷党。爸爸在高加索的时候种田,来到中国也是种田。现在他赶马车,他是一九一二年和妈妈跑到中国来。爸爸总是说:'那里也是一样,干活计就吃饭。'这话到现在他是不说的了……"

她父亲的马车回来了,院子里啷啷的响着铃子。

我再去看她,那是半年以后的事。临告别的时候索非亚才从床上走下地板来。

"病好了我是回国的。工作,我不怕,人是要工作的。传说,那边工作很厉害。母亲说,还是不要回去吧!可是人们没有想想,人们以为这边比那边待他还好!"

走到门外她还说:

"'回国证'怕是难一点,不要紧,没有回国证我也是要回去的。"

她走路的样子再不像跳舞了,迟缓与艰难。

过了一个星期,我又去看她,我是带着糖果。

"索非亚是进了病院的。"她的母亲说。

"病院在什么地方?"

她的母亲说的完全是俄语,那些俄文的街名无论怎样是我所不懂的。

"可以吗？我去看看她？"

"可以，星期日可以，平常不可以。"

"医生说她是什么病？"

"肺病，很轻的肺病，没有什么要紧。回国证她是得不到的，穷党回国是难的。"

我把糖果放下就走了。这次送我出来的不是索非亚，而是她的母亲。

［1940年6月大时代书局（重庆）初版］

三个无聊人

一个大胖胖，戴着圆眼镜。另一个很高，肩头很狭。第三个弹着小四弦琴，同时读着李后主的词：

"四十年来家国，三千里地山河……"读到一句的末尾，琴弦没有节调的，重复的响了一下，这样就算他把词句配上了音乐。

"嘘！"胖子把被角揪了一下，接着唱道："杨延辉，坐宫院……"他的嗓子像破了似的。

第三个也在作声：

"小品文和漫画那里去了？"总是这人比其他两个好，他愿意读杂志和其他刊物。

"唉！无聊！"每次当他读完一本的时候，他就用力向桌面摔去。

晚间，狭肩头的人去读"世界语"了，临出门时他的眼光很足，向着他的两个同伴说：

"你们这是干什么！没有纪律，一天哭哭叫叫的。"

"唉！无聊！"当他回来的时候，眼睛也无光了。

照例是这样，临出门时是兴奋的，回来时他就无聊了，和他的两个同伴同样没有纪律。从学"世界语"起，这狭肩头的人差不多每天念起"爱丝迫乱多",后来他渐渐骂起"爱丝迫乱多"来,这可不知因为什么?

他们住得很好,铁丝颤条床,淡蓝色的墙壁涂着金花,两只四十烛光灯泡,窗外有法国梧桐,楼下是外国菜馆,并且铁盒子里不断的放着饼干,还有罐头鱼。

"咳!真无聊!"高个狭肩头的说。

于是胖同伴提议去到法国公园,园中有流汗的园丁;园门口有流汗的洋车夫。巧得很,一个没有手脚的乞丐,滚叫在去公园的道旁被他们遇见。

"老黑,你还没起来吗?真够享福了。"狭肩头的人从公园回来,要把他的第三个同伴拖下来;"真够受的,你还在梦中……"

"不要闹,不要闹,我还困呢!"

"起来吧!去看看那滚号在公园门前的人你就不困啦!"

那睡在床上的,没有相信他的话,并没起来。

狭肩头的人,愤愤懑懑地,整整一个早晨,他没说无聊,这是他看了一个无手无足的乞丐的结果。也许他看到这无手无足的东西就有聊了!

十二点钟要去午餐,这愤懑的人没有去。

"太浪费了,吃些面包不能过吗?"他去买面包,自己坐在房中吃。

"买一盒沙丁鱼来拌着吃吧!"他又出去买沙丁鱼。

等晚上有朋友来,他就告诉他无钱的朋友:

"你们真是不会俭省,买面包吃多么好!"

他的朋友吃了两天面包，把胃口吃得很酸。

狭肩头人，又无聊了，因为他好几天没有看到无手无足的人，或是什么特别惨状的人。

他常常到街上去走，只要看到卖桃的小孩在街上被巡捕打翻了筐子，他也够有聊几个钟头。慢慢他这个无聊的病非到街头去治不可，后来这卖桃的小孩一类的事竟治不了他。那么就必须看报了，报纸上说：烟台煤矿又烧死多少人，或是压死多少人。

"啊呀！真不得了，这真是惨目。"这样大事能使他三两天反复着说，他的无聊像一种病症似的，又被这大事治住个三两天。他不无聊，很有聊的样子读小说，读杂志。

"四十年来家国，三千里地山河……"老黑无聊的时候就唱这调子，他不愿意看什么惨事，他也不愿意听什么伟大的话，他每天不用理智，就用感情来生活着，好像个真诗人似的。四弦琴在他的手下，不成曲调的嗒啦啦嗒啦啦……

"嗒啦，嗒啦，啦嗒嗒……"胖同伴的木鞋在地板上拍，手臂在飞着……

"你们这是在干什么？"读杂志的人说。

"我们这是在无聊？"三个无聊人听到这话都笑了。

胖同伴，有书也读书，有理论也讲理论，有琴也弹琴，有人弹琴他就唱。但这在他都是无聊的事情，对于他实实在在有趣的，是"先施公司"：

"那些女人真可怜，有的连血色都没有了，可是还站在那里拉客……"他常常带着钱去可怜那些女人。

"最非人生活的就是这些女人，可是没有人知道更详细些。"他这态度是个学者的态度。说着他就搭电车，带着钱，热诚的去到那些女人身上去研究"社会科学"去了。

剩下的两个无聊！一个在看报，一个去到公园，拿着琴。去到公园的不知怎样？最大限度也不过"四十年来家国，三千里地山河……"

但是在看报的却发足火来，无论怎样看，报上也不过载着煤矿啦！或者是什么大河大川暴涨淹死多少人。电车轧死小孩，受经济压迫投黄浦自杀一类的。

无聊，无聊！

人间慢慢治不了他这个病了。

可惜没有比煤矿更惨的事。

[1940年6月大时代书局（重庆）初版]

回忆鲁迅先生

鲁迅先生的笑声是明朗的,是从心里的欢喜。若有人说了什么可笑的话,鲁迅先生笑的连烟卷都拿不住了,常常是笑得咳嗽起来。

鲁迅先生走路很轻捷,尤其使人记得清楚的,是他刚抓起帽子来往头上一扣,同时左腿就伸出去了,仿佛不顾一切的走去。

鲁迅先生不大注意人的衣裳,他说:

"谁穿什么衣裳我看不见得……"

鲁迅先生生的病,刚好了一点,窗子开着他坐在躺椅上,抽着烟,那天我穿着新奇的火红的上衣,很宽的袖子。

鲁迅先生说:"这天气闷热起来,这就是梅雨天。"他把他装在象牙烟嘴上的香烟,又用手装得紧一点,往下又说了别的。

许先生忙着家务跑来跑去,也没有对我的衣裳加以鉴赏。

于是我说:"周先生,我的衣裳漂亮不漂亮?"

鲁迅先生从上往下看了一眼:"不大漂亮。"

过了一会又加着说:"你的裙子配的颜色不对,并不是红上衣不好看,各种颜色都是好看的,红上衣要配红裙子,不然就是黑裙子,咖啡色的就不行了;这两种颜色放在一起很混浊……你没看到外国人在街上走的吗?绝没有下边穿一件绿裙子,上边穿一件紫上衣,也没有穿一件红裙子而后穿一件白上衣的……"

鲁迅先生就在躺椅上看着我:"你这裙子是咖啡色的,还带格子,颜色混浊得很,所以把红衣裳也弄得不漂亮了。"

"……人瘦不要穿黑衣裳,人胖不要穿白衣裳;脚长的女人一定要穿黑鞋子,脚短就一定要穿白鞋子;方格子的衣裳胖人不能穿,但比横格子的还好;横格子的,胖人穿上,就把胖子更往两边裂着,更横宽了,胖子要穿竖条子的,竖的把人显得长,横的把人显的宽……"

那天鲁迅先生很有兴致,把我一双短统靴子也略略批评一下,说我的短靴是军人穿的,因为靴子的前后都有一条线织的拉手,这拉手据鲁迅先生说是放在裤子下边的……

我说:"周先生,为什么那靴子我穿了多久了而不告诉我,怎么现在才想起来呢?现在我不是不穿了吗?我穿的这不是另外的鞋吗?"

"你不穿我才说的,你穿的时候,我一说你该不穿了。"

那天下午要赴一个筵会去,我要许先生给我找一点布条或绸条束一束头发。许先生拿了来米色的绿色的还有桃红色的。经我和许先生共同选定的是米色的。为着取笑把那桃红色的,许先生举起来放在我的头发上,并且许先生很开心的说着:

"好看吧! 多漂亮!"

我也非常得意,很规矩又顽皮的在等着鲁迅先生往这边看我们。

鲁迅先生这一看,他就生气了,他的眼皮往下一放向着我们这边看着:

"不要那样装她……"

许先生有点窘了。

我也安静下来。

鲁迅先生在北平教书时,从不发脾气,但常常好用这种眼光看人,许先生常跟我讲。她在女师大读书时,周先生在课堂上,一生气就用眼睛往下一掠,看着他们,这种眼光是鲁迅先生在记范爱农先生的文字曾自己述说过,而谁曾接触过这种眼光的人就会感到一个时代的全智者的催逼。

我开始问:"周先生怎么也晓得女人穿衣裳的这些事情呢?"

"看过书的,关于美学的。"

"什么时候看的……"

"大概是在日本读书的时候……"

"买的书吗?"

"不一定是买的,也许是从什么地方抓到就看的……"

"看了有趣味吗?!"

"随便看看……"

"周先生看这书做什么?"

"……"没有回答,好像很难回答。

许先生在旁说:"周先生什么书都看的。"

在鲁迅先生家里做客人,刚开始是从法租界来到虹口,搭电车也要差不多一个钟头的工夫,所以那时候来的次数比较少,还记得有一次谈到半夜了,一过十二点电车就没有的,但那天不知

185

讲了些什么，讲到一个段落就看看旁边小长桌上的圆钟，十一点半了，十一点四十五分了，电车没有了。

"反正已十二点，电车也没有，那么再坐一会。"许先生如此劝着。

鲁迅先生好像听了所讲的什么引起了幻想，安顿的举着象牙烟嘴在沉思着。

一点钟以后，送我（还有别的朋友）出来的是许先生，外边下着濛濛的小雨，弄堂里灯光全然灭掉了，鲁迅先生嘱咐许先生一定让坐小汽车回去，并且一定嘱咐许先生付钱。

以后也住到北四川路来，就每夜饭后必到大陆新村来了，刮风的天，下雨的天，几乎没有间断的时候。

鲁迅先生很喜欢北方饭。还喜欢吃油炸的东西喜欢吃硬的东西，就是后来生病的时候，也不大吃牛奶。鸡汤端到旁边用调羹舀了一二下就算了事。

有一天约好我去包饺子吃，那还是住在法租界，所以带了外国酸菜和用绞肉机绞成的牛肉，就和许先生站在客厅后边的方桌边包起来。海婴公子围着闹得起劲，一会按成圆饼的面拿去了，他说做了一只船来，送在我们的眼前，我们不看他，转身他又做了一只小鸡。许先生和我都不去看他，对他竭力避免加以赞美，若一赞美起来，怕他更做得起劲。

客厅后边没到黄昏就先黑了，背上感到些微的寒凉，知道衣裳不够了，但为着忙，没有加衣裳去。等把饺子包完了看看那数目并不多，这才知道许先生我们谈话谈得太多，误了工作。许先生怎样离开家的，怎样到天津读书的，在女师大读书时怎样做了家庭教师。她去考家庭教师的那一段描写，非常有趣，只取一名，可是考了好几十名，她之能够当选算是难的了。指望对于学费有点补足，冬天来了，北平又冷，那家离学校又远，每月除了车子钱之外，若伤风感冒还得自己拿出买阿司匹林的钱来，每月薪金十元要从西城跑到东城……

饺子煮好，一上楼梯，就听到楼上明朗的鲁迅先生的笑声冲下楼梯来，原来有几个朋友在楼上也正谈得热闹。那一天吃得是很好的。

以后我们又做过韭菜合子，又做过荷叶饼，我一提议，鲁迅先生必然赞成，而我做的又不好，可是鲁迅先生还是在桌上举着筷子问许先生："我再吃几个吗？"

因为鲁迅先生胃不大好，每饭后必吃"脾自美"药丸一二粒。

有一天下午鲁迅先生正在校对着瞿秋白的《海上述林》，我一走进卧室去，从那圆转椅上鲁迅先生转过来了，向着我，还微微站起了一点。

"好久不见，好久不见。"一边说着一边向我点头。

刚刚我不是来过了吗？怎么会好久不见？就是上午我来的那次周先生忘记了，可是我也每天来呀……怎么都忘记了吗？

周先生转身坐在躺椅上才自己笑起来，他是在开着玩笑。

梅雨季，很少有晴天，一天的上午刚一放晴，我高兴极了，就到鲁迅先生家去了，跑得上楼还喘着，鲁迅先生说："来啦！"我说："来啦！"

我喘着连茶也喝不下。

鲁迅先生就问我：

"有什么事吗？"

我说："天晴啦，太阳出来啦。"

许先生和鲁迅先生都笑着，一种对于冲破忧郁心境的展然的会心的笑。

海婴一看到我非拉我到院子里和他一道玩不可，拉我的头发或拉我的衣裳。

为什么他不拉别人呢？据周先生说："他看你梳着辫子，和他差不多，别人在他眼里都是大人，就看你小。"

许先生问着海婴："你为什么喜欢她呢？不喜欢别人？"

"她有小辫子。"说着就来拉我的头发。

鲁迅先生家里生客人很少，几乎没有，尤其是住在他家里的人更没有。一个礼拜六的晚上，在二楼上鲁迅先生的卧室里摆好了晚饭，围着桌子坐满了人。每逢礼拜六晚上都是这样的，周建人先生带着全家来拜访的。在桌子边坐着一个很瘦的很高的穿着中国小背心的人，鲁迅先生介绍说："这是位同乡，是商人。"

初看似乎对的，穿着中国裤子，头发剃得很短。当吃饭时，他还让别人酒，也给我倒一盅，态度很活泼，不大像个商人；等吃完了饭，又谈到《伪自由书》及《二心集》。这个商人，开明得很，在中国不常见。没有见过的就总不大放心。

下一次是在楼下客厅后的方桌上吃晚饭，那天很晴，一阵阵的刮着热风，虽然黄昏了，客厅后还不昏黑。鲁迅先生是新剪的头发，还能记得桌上有一碗黄花鱼，大概是顺着鲁迅先生的口味，是用油煎的。鲁迅先生前面摆着一碗酒，酒碗是扁扁的，好像用做吃饭的饭碗。那位商人先生也能喝酒，酒瓶就站在他的旁边。他说蒙古人什么样，苗人什么样，从西藏经过时，那西藏女人见了男人追她，她就如何如何。

这商人可真怪，怎么专门走地方，而不做买卖？并且鲁迅先生的书他也全读过，一开口这个，一开口那个。并且海婴叫他×先生，我一听那×字就明白他是谁了。×先生常常回来得很迟，从鲁迅先生家里出来，在弄堂里遇到了几次。

有一天晚上×先生从三楼下来，手里提着小箱子，身上穿着长袍子，站在鲁迅先生的面前，他说他要搬了。他告了辞，许先生送他下楼去了。这时候周先生在地板上绕了两个圈子，问我说：

"你看他到底是商人吗？"

"是的。"我说。

鲁迅先生很有意思的在地板上走几步，而后向我说："他是贩卖私货的商人，是贩卖精神上的……"

×先生走过二万五千里回来的。

青年人写信，写得太草率，鲁迅先生是深恶痛绝之的。

"字不一定要写得好，但必须得使人一看了就认识，年青人现在都太忙了……他自己赶快胡乱写完了事，别人看了三遍五遍看不明白，这费了多少工夫，他不管。反正这费了工夫不是他的。这存心是不太好的。"

但他还是展读着每封由不同角落里投来的青年的信，眼睛不济时，便戴起眼镜来看，常常看到夜里很深的时光。

鲁迅先生坐在××电影院楼上的第一排，那片名忘记了，新闻片是苏联纪念五一节的红场。

"这个我怕看不到的……你们将来可以看得到。"鲁迅先生向我们周围的人说。

珂勒惠支的画，鲁迅先生最佩服，同时也很佩服她的做人，珂勒惠支受希特拉的压迫，不准她做教授，不准她画画，鲁迅先生常讲到她。

史沫特烈，鲁迅先生也讲到，她是美国女子，帮助印度独立运动，现在又在援助中国。

鲁迅先生介绍人去看的电影：《夏伯阳》，《复仇艳遇》……其余的如《人猿泰山》……或者非洲的怪兽这一类的影片，也常介绍给人的。鲁迅先生说："电影没有什么好的，看看鸟兽之类倒可以增加些对于动物的知识。"

鲁迅先生不游公园，住在上海十年，兆丰公园没有进过。虹口公园这么近也没有进过。春天一到了，我常告诉周先生，我说公园里的土松软了，公园里的风多么柔和。周先生答应选个晴好的天气，选个礼拜日，海婴休假日，好一道去，坐一乘小汽车一直开到兆丰公园，也算是短途旅行，但这只是想着而未有做到，并且把公园给下了定义。鲁迅先生说："公园的样子我知道的……一进门分做两条路，一条通左边，一条通右边，沿着路种着点柳树什么树的，树下摆着几张长椅子，再远一点有个水池子。"

我是去过兆丰公园的，也去过虹口公园或是法国公园的，仿佛这个定义适用在任何国度的公园设计者。

　　鲁迅先生不戴手套，不围围巾，冬天穿着黑石蓝的棉布袍子，头上戴着灰色毡帽，脚穿黑帆布胶皮底鞋。

　　胶皮底鞋夏天特别热，冬天又凉又湿，鲁迅先生的身体不算好，大家都提议把这鞋子换掉。鲁迅先生不肯，他说胶皮底鞋子走路方便。

　　"周先生一天走多少路呢？也不就一转弯到×××书店走一趟吗？"

　　鲁迅先生笑而不答。

　　"周先生不是很好伤风吗？不围巾子，风一吹不就伤风了吗？"

　　鲁迅先生这些个都不习惯，他说：

　　"从小就没戴过手套围巾，戴不惯。"

　　鲁迅先生一推开门从家里出来时，两只手露在外边，很宽的袖口冲着风就向前走，腋下夹着个黑绸子印花的包袱，里边包着书或者是信，到老靶子路书店去了。

　　那包袱每天出去必带出去，回来必带回来。出去时带着给青年们的信，回来又从书店带来新的信和青年请鲁迅先生看的稿子。

　　鲁迅先生抱着印花包袱从外边回来，还提着一把伞，一进门客厅早坐着客人，把伞挂在衣架上就陪客人谈起话来。谈了很久了，伞上的水滴顺着伞杆在地板上已经聚了一堆水。

　　鲁迅先生上楼去拿香烟，抱着印花包袱，而那把伞也没有忘记，顺手也带到楼上去。

鲁迅先生的记忆力非常之强,他的东西从不随便散置在任何地方。

鲁迅先生很喜欢北方口味。许先生想请一个北方厨子,鲁迅先生以为开销太大,请不得的,男佣人,至少要十五元钱的工钱。

所以买米买炭都是许先生下手。我问许先生为什么用两个女佣人都是年老的,都是六七十岁的?许先生说她们做惯了,海婴的保姆,海婴几个月时就在这里。

正说着那矮胖胖的保姆走下楼梯来了,和我们打了个迎面。

"先生,没吃茶吗?"她赶快拿了杯子去倒茶,那刚刚下楼时气喘的声音还在喉管里咕噜咕噜的,她确实年老了。

来了客人,许先生没有不下厨房的,菜食很丰富,鱼,肉……都是用大碗装着,起码四五碗,多则七八碗。可是平常就只三碗菜:一碗素炒豌豆苗,一碗笋炒咸菜,再一碗黄花鱼。

这菜简单到极点。

鲁迅先生的原稿,在拉都路一家炸油条的那里用着包油条,我得到了一张,是译《死魂灵》的原稿,写信告诉了鲁迅先生。鲁迅先生不以为希奇,许先生倒很生气。

鲁迅先生出书的校样,都用来揩着桌,或做什么的。请客人在家里吃饭,吃到半道,鲁迅先生回身去拿来校样给大家分着。客人接到手里一看,这怎么可以?鲁迅先生说:

"擦一擦,拿着鸡吃,手是腻的。"

到洗澡间去,那边也摆着校样纸。

许先生从早晨忙到晚上，在楼下陪客人，一边还手里打着毛线。不然就是一边谈着话一边站起来用手摘掉花盆里花上已干枯了的叶子。许先生每送一个客人，都要送到楼下门口，替客人把门开开，客人走出去而后轻轻的关了门再上楼来。

　　来了客人还到街上去买鱼或买鸡，买回来还要到厨房里去工作。

　　鲁迅先生临时要寄一封信，就得许先生换起皮鞋子来到邮局或者大陆新村旁边信筒那里去。落着雨天，许先生就打起伞来。

　　许先生是忙的，许先生的笑是愉快的，但是头发有一些是白了的。

　　夜里去看电影，施高塔路的汽车房只有一辆车，鲁迅先生一定不坐，一定让我们坐。许先生，周建人夫人……海婴，周建人先生的三位女公子。我们上车了。

　　鲁迅先生和周建人先生，还有别的一二位朋友在后边。

　　看完了电影出来，又只叫到一部汽车，鲁迅先生又一定不肯坐，让周建人先生的全家坐着先走了。

　　鲁迅先生旁边走着海婴，过了苏州河的大桥去等电车去了。等了二三十分钟电车还没有来，鲁迅先生依着沿苏州河的铁栏杆坐在桥边的石围上了，并且拿出香烟来，装上烟嘴，悠然的吸着烟。

　　海婴不安的来回的乱跑，鲁迅先生还招呼他和自己并排的坐下。

　　鲁迅先生坐在那和一个乡下的安静老人一样。

鲁迅先生吃的是清茶，其余不吃别的饮料。咖啡、可可、牛奶、汽水之类，家里都不预备。

鲁迅先生陪客人到深夜，必同客人一道吃些点心，那饼干就是从铺子里买来的，装在饼干盒子里，到夜深许先生拿着碟子取出来，摆在鲁迅先生的书桌上，吃完了，许先生打开立柜再取一碟。还有向日葵子差不多每来客人必不可少。鲁迅先生一边抽着烟，一边剥着瓜子吃，吃完了一碟鲁迅先生必请许先生再拿一碟来。

鲁迅先生备有两种纸烟，一种价钱贵的，一种便宜的。便宜的是绿听子的，我不认识那是什么牌子，只记得烟头上带着黄纸的嘴，每五十支的价钱大概是四角到五角，是鲁迅先生自己平日用的。另一种是白听子的，是前门烟，用来招待客人的，白听烟放在鲁迅先生书桌的抽屉里。来客人鲁迅先生下楼，把它带到楼下去，客人走了，又带回楼上来照样放在抽屉里。而绿听子的永远放在书桌上，是鲁迅先生随时吸着的。

鲁迅先生的休息，不听留声机，不出去散步，也不倒在床上睡觉，鲁迅先生自己说：

"坐在椅子上翻一翻书就是休息了。"

鲁迅先生从下午二三点钟起就陪客人，陪到五点钟，陪到六点钟，客人若在家吃饭，吃完饭又必要在一起喝茶，或者刚刚吃完茶走了，或者还没走又来了客人，于是又陪下去，陪到八点钟，十点钟，常常陪到十二点钟。从下午三点钟起，陪到夜里十二点，这么长的时间，鲁迅先生都是坐在藤躺椅上，不断的吸着烟。

客人一走,已经是下半夜了,本来已经是睡觉的时候了,可是鲁迅先生正要开始工作。

在工作之前,他稍微阖一阖眼睛,燃起一支烟来,躺在床边上,这一支烟还没有吸完,许先生差不多就在床里边睡着了。(许先生为什么睡得这样快?因为第二天早晨六七点钟就要来管理家务。)海婴这时在三楼和保姆一道睡着了。

全楼都寂静下去,窗外也一点声音没有了,鲁迅先生站起来,坐到书桌边,在那绿色的台灯下开始写文章了。

许先生说鸡鸣的时候,鲁迅先生还是坐着,街上的汽车嘟嘟的叫起来了,鲁迅先生还是坐着。

有时许先生醒了,看着玻璃窗白萨萨的了,灯光也不显得怎么亮了,鲁迅先生的背影不像夜里那样黑大。

鲁迅先生的背影是灰黑色的,仍旧坐在那里。

人家都起来了,鲁迅先生才睡下。

海婴从三楼下来了,背着书包,保姆送他到学校去,经过鲁迅先生的门前,保姆总是吩咐他说:

"轻一点走,轻一点走。"

鲁迅先生刚一睡下,太阳就高起来了,太阳照着隔院子的人家,明亮亮的,照着鲁迅先生花园的夹竹桃,明亮亮的。

鲁迅先生的书桌整整齐齐的,写好的文章压在书下边,毛笔在烧瓷的小龟背上站着。

一双拖鞋停在床下,鲁迅先生在枕头上边睡着了。

鲁迅先生喜欢吃一点酒,但是不多吃,吃半小碗或一碗。鲁迅先生吃的是中国酒，多半是花雕。

老靶子路有一家小吃茶店，只有门面一间，在门面里边设座，座少，安静，光线不充足，有些冷落。鲁迅先生常到这里吃茶店来，有约会多半是在这里边，老板是犹太也许是白俄，胖胖的，中国话大概他听不懂。

鲁迅先生这一位老人，穿着布袍子，有时到这里来，泡一壶红茶，和青年人坐在一道谈了一两个钟头。

有一天鲁迅先生的背后那茶座里边坐着一位摩登女子，身穿紫裙子黄衣裳，头戴花帽子……那女子临走时，鲁迅先生一看她，用眼瞪着她，很生气的看了她半天。而后说：

"是做什么的呢？"

鲁迅先生对于穿着紫裙子黄衣裳，花帽子的人就是这样看法的。

鬼到底是有的没有的？传说上有人见过，还跟鬼说过话，还有人被鬼在后边追赶过，吊死鬼一见了人就贴在墙上。但没有一个人捉住一个鬼给大家看看。

鲁迅先生讲了他看见过鬼的故事给大家听：

"是在绍兴……"鲁迅先生说，"三十年前……"

那时鲁迅先生从日本读书回来，在一个师范学堂里也不知是什么学堂里教书，晚上没有事时，鲁迅先生总是到朋友家去谈天。这朋友住的离学堂几里路，几里路不算远，但必得经过一片坟地。谈天有的时候就谈得晚了，十一二点钟才回学堂的事也常有，有一天鲁迅先生就回去得很晚，天空有很大的月亮。

鲁迅先生向着归路走得很起劲时，往远处一看，远远有一个白影。

鲁迅先生不相信鬼的，在日本留学时是学的医，常常把死人抬来解剖的，鲁迅先生解剖过二十几个，不但不怕鬼，对死人也不怕，所以对坟地也就根本不怕。仍旧是向前走的。

走了不几步，那远处的白影没有了，再看突然又有了。并且时小时大，时高时低，正和鬼一样。鬼不就是变幻无常的吗？

鲁迅先生有点踌躇了，到底向前走呢？还是回过头来走？本来回学堂不止这一条路，这不过是最近的一条就是了。

鲁迅先生仍是向前走，到底要看一看鬼是什么样，虽然那时候也怕了。

鲁迅先生那时从日本回来不久，所以还穿着硬底皮鞋。鲁迅先生决心要给那鬼一个致命的打击，等走到那白影旁边时，那白影缩小了，蹲下了，一声不响的靠住了一个坟堆。

鲁迅先生就用了他的硬皮鞋踢了出去。

那白影噢的一声叫起来，随着就站起来，鲁迅先生定眼看去，他却是个人。

鲁迅先生说在他踢的时候，他是很害怕的，好像若一下不把那东西踢死，自己反而会遭殃的，所以用了全力踢出去。

原来是个盗墓子的人在坟场上半夜作着工作。

鲁迅先生说到这里就笑了起来。

"鬼也是怕踢的，踢他一脚就立刻变成人了。"

我想，倘若是鬼常常让鲁迅先生踢踢倒是好的，因为给了他一个做人的机会。

从福建菜馆叫的菜,有一碗鱼做的丸子。

海婴一吃就说不新鲜,许先生不信,别的人也都不信。因为那丸子有的新鲜,有的不新鲜,别人吃到嘴里的恰好都是没有改味的。

许先生又给海婴一个,海婴一吃,又不是好的,他又嚷嚷着。别人都不注意,鲁迅先生把海婴碟里的拿来尝尝,果然是不新鲜的。鲁迅先生说:

"他说不新鲜,一定也有他的道理,不加以查看就抹杀是不对的。"

……

以后我想起这件事来,私下和许先生谈过,许先生说:"周先生的做人,真是我们学不了的。那怕一点点小事。"

鲁迅先生包一个纸包也要包得整整齐齐,常常把要寄出的书,鲁迅先生从许先生手里拿过来自己包,许先生本来包得多么好,而鲁迅先生还要亲自动手。

鲁迅先生把书包好了,用细绳捆上,那包方方正正的,连一个角也不准歪一点或扁一点,而后拿着剪刀,把捆书的那绳头都剪得整整齐齐。

就是包这书的纸都不是新的,都是从街上买东西回来留下来的。许先生上街回来把买来的东西一打开随手就把包东西的牛皮纸折起来,随手把小细绳圈了一个圈。若小细绳上有一个疙瘩,也要随手把它解开的。准备着随时用随时方便。

鲁迅先生住的是大陆新村九号。

一进弄堂口，满地铺着大方块的水门汀，院子里不怎样嘈杂，从这院子出入的有时候是外国人，也能够看到外国小孩在院子里零星的玩着。

鲁迅先生隔壁挂着一块大的牌子，上面写着一个"茶"字。

在一九三五年十月一日。

鲁迅先生的客厅里摆着长桌，长桌是黑色的，油漆不十分新鲜，但也并不破旧，桌上没有铺什么桌布，只在长桌的当心摆着一个绿豆青色的花瓶，花瓶里长着几株大叶子的万年青，围着长桌有七八张木椅子。尤其是在夜里，全弄堂一点什么声音也听不到。

那夜，就和鲁迅先生和许先生一道坐在长桌旁边喝茶的。当夜谈了许多关于伪满洲国的事情，从饭后谈起，一直谈到九点钟十点钟而后到十一点钟，时时想退出来，让鲁迅先生好早点休息，因为我看出来鲁迅先生身体不大好，又加上听许先生说过，鲁迅先生伤风了一个多月，刚好了的。

但鲁迅先生并没有疲倦的样子。虽然客厅里也摆着一张可以卧倒的藤椅，我们劝他几次想让他坐在藤椅上休息一下，但是他没有去，仍旧坐在椅子上。并且还上楼一次，去加穿了一件皮袍子。

那夜鲁迅先生到底讲了些什么，现在记不起来了。也许想起来的不是那夜讲的而是以后讲的也说不定。过了十一点，天就落雨了，雨点淅沥淅沥的打在玻璃窗上，窗子没有窗帘，所以偶一回头，就看到玻璃窗上有小水流往下流。夜已深了，并且落了雨，心里十分着急，几次站起来想要走，但是鲁迅先生和许先生一再说再坐一下:"十二点以前终归有车子可搭的。"所以一直坐到将近十二点,才穿起雨衣来,打开客厅外边的响着的铁门,鲁迅先生非要送到铁门外不可。我想为什么他一定要送呢?对于这样年轻的客人,这样的送是应该的吗?雨不会打湿了头发,受了寒伤风不又要继续下去吗?站在铁门外边,鲁迅先生说,并且指着隔壁那家写着"茶"字的大牌子:"下次来记住这个'茶'字,就是这个'茶'的隔壁。"而且伸出手去,几乎是触到了钉在锁门旁边的那个九号的"九"字,"下次来记住茶的旁边九号。"

于是脚踏着方块的水门汀,走出弄堂来,回过身去往院子里边看了一看,鲁迅先生那一排房子统统是黑洞洞的,若不是告诉得那样清楚,下次来恐怕要记不住的。

鲁迅先生的卧室,一张铁架大床,床顶上遮着许先生亲手做的白布刺花的围子,顺着床的一边折着两床被子,都是很厚的,是花洋布的被面。挨着门口的床头的方面站着抽屉柜。一进门的左手摆着八仙桌,桌子的两旁藤椅各一,立柜站在和方桌一排的墙角,立柜本是挂衣服的,衣裳却很少,都让糖盒子,饼干桶子,瓜子罐给塞满了。有一次××老板的太太来拿版权的图章花,鲁迅先生就从立柜下边大抽屉里取出的。沿着墙角往窗子那边走,有一张装饰台,桌子上有一个方形的满浮着绿草的玻璃养鱼池,里边游着的不是金鱼而是灰色的扁肚子的小鱼。除了鱼池之外另有一只圆的表,其余那上边满装着书。铁床架靠窗子的那头的书柜里书柜外都是书。最后是鲁迅先生的写字台,那上边也都是书。

鲁迅先生家里,从楼上到楼下,没有一个沙发,鲁迅先生工作时坐的椅子是硬的,休息时的藤椅是硬的,到楼下陪客人时坐的椅子又是硬的。

鲁迅先生的写字台面向着窗子,上海弄堂房子的窗子差不多满一面墙那么大,鲁迅先生把它关起来,因为鲁迅先生工作起来有一个习惯,他说怕风一吹,纸就动,时时防备着纸跑,文章就写不好。所以屋子里热得和蒸笼似的,请鲁迅先生到楼下去,他又不肯,鲁迅先生的习惯是不换地方。有时太阳照进来,许先生劝他把书桌移开一点都不肯。只有满身流汗。

鲁迅先生的写字桌,铺了张蓝格子的油漆布,四角都用图钉按着。桌子上有小砚台一方,墨一块,毛笔站在笔架上。笔架是烧瓷的,在我看来不很细致,是一个龟,龟背上带着好几个洞,笔就插在那洞里。鲁迅先生多半是用毛笔的,钢笔也不是没有,是放在抽屉里。桌上有一个方大的白瓷的烟灰盒,还有一个茶杯,杯子上戴着盖。

鲁迅先生的习惯与别人不同,写文章用的材料和来信都压在桌子上,把桌子都压得满满的,几乎只有写字的地方可以伸开手,其余桌子的一半被书或纸张占有着。

左手边的桌角上有一个带绿灯罩的台灯,那灯泡是横着装的,在上海那是极普通的台灯。

冬天在楼上吃饭,鲁迅先生自己拉着电线把台灯的机关从棚顶的灯头上拔下,而后装上灯泡子。等饭吃过,许先生再把电线装起来,鲁迅先生的台灯就是这样做成的,拖着一根长长的电线在棚顶上。

鲁迅先生的文章,多半是在这台灯下写。因为鲁迅先生的工作时间,多半是下半夜一两点起,天将明了休息。

卧室就是如此,墙上挂着海婴公子一个月婴孩的油画像。

挨着卧室的后楼里边,完全是书了,不十分整齐,报纸和杂志或洋装的书,都混在这间屋子里,一走进去多少还有些纸张气味。地板被书遮盖得太小了,几乎没有了,大网篮也堆在书中。墙上拉着一条绳子或者是铁丝,就在那上边系了小提盒,铁丝笼之类。风干荸荠就盛在铁丝笼里,扯着的那铁丝几乎被压断了在弯弯着。一推开藏书室的窗子,窗子外边还挂着一筐风干荸荠。

"吃吧,多得很,风干的,格外甜。"许先生说。

楼下厨房传来了煎菜的锅铲的响声,并且两个年老的娘姨慢重重的在讲一些什么。

厨房是家庭最热闹的一部分。整个三层楼都是静静的,喊娘姨的声音没有,在楼梯上跑来跑去的声音没有。鲁迅先生家里五六间房子只住着五个人,三位是先生的全家,余下的二位是年老的女佣人。

来了客人都是许先生亲自倒茶,即或是麻烦到娘姨时,也是许先生下楼去吩咐,绝没有站到楼梯口就大声呼唤的时候。所以整个房子都在静悄悄之中。

只有厨房比较热闹了一点,自来水哗哗的流着,洋瓷盆在水门汀的水池子上每拖一下磨着嚓嚓的响,洗米的声音也是嚓嚓的。鲁迅先生很喜欢吃竹笋的，在菜板上切着笋片笋丝时，刀刃每划下去都是很响的。其他比起别人家的厨房来却冷清极了，所以洗米声和切笋声都分开来听得样样清清晰晰。

客厅的一边摆着并排的两个书架，书架是带玻璃橱的，里边有朵斯托益夫斯基的全集和别的外国作家的全集，大半都是日文译本。地板上没有地毯，但擦得非常干净。

海婴公子的玩具橱也站在客厅里，里边是些毛猴子，橡皮人，火车汽车之类，里边装得满满的，别人是数不清的，只有海婴自己伸手到里边找些什么就有什么。过新年时在街上买的兔子灯，纸毛上已经落了灰尘了，仍摆在玩具橱顶上。

客厅只有一个灯头，大概五十烛光。客厅的后门对着上楼的楼梯，前门一打开有一个一方丈大小的花园，花园里没有什么花看，只有一株很高的七八尺高的小树，大概那树是柳桃，一到了春天，喜欢生长蚜虫，忙得许先生拿着喷蚊虫的机器，一边陪着谈话，一边喷着杀虫药水。沿着墙根，种了一排玉米，许先生说："这玉米长不大的，这土是没有养料的，海婴一定要种。"

春天，海婴在花园里掘着泥沙，培植着各种玩意。

三楼则特别静了，向着太阳开着两扇玻璃门，门外有一个水门汀的突出的小廊子，春天很温暖的抚摸着门口长垂着的帘子，有时帘子被风打得很高，飘扬的饱满得和大鱼泡似的。那时候隔院的绿树照进玻璃门扇里边来了。

海婴坐在地板上装着小工程师在修着一座楼房，他那楼房是用椅子横倒了架起来修的，而后遮起一张被单来算作屋瓦，全个房子在他自己拍着手的赞誉声中完成了。

这间屋感到些空旷和寂寞，既不像女工住的屋子，又不像儿童室。海婴的眠床靠着屋子的一边放着，那大圆顶帐子日里也不打起来，长拖拖的好像从棚顶一直拖到地板上，那床是非常讲究的，属于刻花的木器一类的。许先生讲过，租这房子时，从前一个房客转留下来的。海婴和他的保姆，就睡在五六尺宽的大床上。

冬天烧过的火炉，三月里还冷冰冰的在地板上站着。

海婴不大在三楼上玩的，除了到学校去，就是在院里踏脚踏车，他非常欢喜跑跳，所以厨房，客厅，二楼，他是无处不跑的。

三楼整天在高处空着，三楼的后楼住着另一个老女工，一天很少上楼来，所以楼梯擦过之后，一天到晚干净得溜明。

一九三六年三月里鲁迅先生病了，靠在二楼的躺椅上，心脏跳动得比平日厉害，脸色略微灰了一点。

许先生正相反的，脸色是红的，眼睛显得大了，讲话的声音是平静的，态度并没有比平日慌张。在楼下，一走进客厅来许先生就告诉说：

"周先生病了，气喘……喘得厉害，在楼上靠在躺椅上。"

鲁迅先生呼喘的声音，不用走到他的旁边，一进了卧室就听得到的。鼻子和胡须在扇着，胸部一起一落。眼睛闭着，差不多永久不离开手的纸烟，也放弃了。藤椅后边靠着枕头，鲁迅先生的头有些向后，两只手空闲的垂着。眉头仍和平日一样没有聚皱，脸上是平静的，舒展的，似乎并没有任何痛苦加在身上。

"来了吧？"鲁迅先生睁一睁眼睛，"不小心，着了凉……呼吸困难……到藏书的房子去翻一翻书……那房子因为没有人住,特别凉……回来就……"

许先生看周先生说话吃力,赶紧接着说周先生是怎样气喘的。

医生看过了,吃了药,但喘并未停。下午医生又来过,刚刚走。

卧室在黄昏里边一点一点的暗下去,外边起了一点小风,隔院的树被风摇着发响。别人家的窗子有的被风打着发出自动关开的响声,家家的流水道都是哗啦哗啦的响着水声,一定是晚餐之后洗着杯盘的剩水。晚餐后该散步的散步去了,该会朋友的会友去了,弄堂里来去的稀疏不断的走着人,而娘姨们还没有解掉围裙呢,就依着后门彼此搭讪起来。小孩子们三五一伙前门后门的跑着,弄堂外汽车穿来穿去。

鲁迅先生坐在躺椅上,沉静的,不动的阖着眼睛,略微灰了的脸色被炉里的火光染红了一点。纸烟听子蹲在书桌上,盖着盖子,茶杯也蹲在桌子上。

许先生轻轻的在楼梯上走着,许先生一到楼下去,二楼就只剩了鲁迅先生一个人坐在椅子上,呼喘把鲁迅先生的胸部有规律性的抬得高高的。

"鲁迅先生必得休息的。"须藤医生这样说的。可是鲁迅先生从此不但没有休息,并且脑子里所想的更多了,要做的事情都像非立刻就做不可,校《海上述林》的校样,印珂勒惠支的画,翻译《死魂灵》下部;刚好了,这些就都一起开始了,还计算着出三十年集(即《鲁迅全集》)。

鲁迅先生感到自己的身体不好,就更没有时间注意身体,所以要多作，赶快做。当时大家不解其中的意思，都以为鲁迅先生不加以休息不以为然，后来读了鲁迅先生《死》的那篇文章才了然了。

鲁迅先生知道自己的健康不成了，工作的时间没有几年了，死了是不要紧的，只要留给人类更多，鲁迅先生就是这样。

不久书桌上德文字典和日文字典都摆起来了，果戈里的《死魂灵》，又开始翻译了。

鲁迅先生的身体不大好，容易伤风，伤风之后，照常要陪客人，回信，校稿子。所以伤风之后总要拖下去一个月或半个月的。

瞿秋白的《海上述林》校样，一九三五年冬，一九三六年的春天，鲁迅先生不断的校着，几十万字的校样，要看三遍，而印刷所送校样来总是十页八页的，并不是统统一道的送来，所以鲁迅先生不断的被这校样催索着，鲁迅先生竟说：

"看吧，一边陪着你们谈话，一边看校样，眼睛可以看，耳朵可以听……"

有时客人来了，一边说着笑话，鲁迅先生一边放下了笔。有的时候也说："就剩几个字了……请坐一坐……"

一九三五年冬天许先生说：

"周先生的身体是不如从前了。"

有一次鲁迅先生到饭馆里去请客，来的时候兴致很好，还记得那次吃了一只烤鸭子，整个的鸭子用大钢叉子叉上来时，大家看着这鸭子烤的又油又亮的，鲁迅先生也笑了。

菜刚上满了，鲁迅先生就到躺椅上吸一支烟，并且阖一阖眼睛。一吃完了饭，有的喝多了酒的，大家都闹乱了起来，彼此抢着苹果，彼此讽刺着玩，说着一些人可笑的话。而鲁迅先生这时候，坐在躺椅上，阖着眼睛，很庄严的在沉默着，让拿在手上纸烟的烟丝，袅袅的上升着。

别人以为鲁迅先生也是喝多了酒吧！

许先生说，并不的。

"周先生的身体是不如从前了，吃过了饭总要闭一闭眼睛稍微休息一下，从前一向没有这习惯。"

周先生从椅子上站起来了，大概说他喝多了酒的话让他听到了。

"我不多喝酒的。小的时候，母亲常提到父亲喝了酒，脾气怎样坏，母亲说，长大了不要喝酒，不要像父亲那样子……所以我不多喝的……从来没喝醉过……"

鲁迅先生休息好了，换了一支烟，站起来也去拿苹果吃，可是苹果没有了。鲁迅先生说：

"我争不过你们了，苹果让你们抢没了。"

有人抢到手的还在保存着的苹果，奉献出来，鲁迅先生没有吃，只在吸烟。

一九三六年春，鲁迅先生的身体不大好，但没有什么病，吃过了夜饭，坐在躺椅上，总要闭一闭眼睛沉静一会。

许先生对我说，周先生在北平时，有时开着玩笑，手按着桌子一跃就能够跃过去，而近年来没有这么做过，大概没有以前那么灵便了。

这话许先生和我是私下讲的，鲁迅先生没有听见，仍靠在躺椅上沉默着呢。

许先生开了火炉的门，装着煤炭花花的响，把鲁迅先生震醒了。一讲起话来鲁迅先生的精神又照常一样。

鲁迅先生睡在二楼的床上已经一个多月了，气喘虽然停止，但每天发热，尤其是在下午热度总在三十八度三十九度之间，有时也到三十九度多，那时鲁迅先生的脸是微红的，目力是疲弱的，不吃东西，不大多睡，没有一些呻吟，似乎全身都没有什么痛楚的地方。躺在床上的时候张开眼睛看着，有的时候似睡非睡的安静的躺着，茶吃得很少。差不多一刻也不停的吸纸烟，而今几乎完全放弃了，纸烟听子不放在床边，而仍很远的蹲在书桌上，若想吸一支，是请许先生付给的。

许先生从鲁迅先生病起，更过度的忙了。按着时间给鲁迅先生吃药，按着时间给鲁迅先生试温度表，试过了之后还要把一张医生发给的表格填好，那表格是一张硬纸，上面画了无数根线，许先生就在这张纸上拿着米度尺画着度数，那表画得和尖尖的小山丘似的，又像尖尖的水晶石，高的低的一排连的站着。许先生虽然每天画，但那像是一条接连不断的线，不过从低处到高处，从高处到低处，这高峰越高越不好，也就是鲁迅先生的热度越高了。

来看鲁迅先生的人，多半都不到楼上来了，为的请鲁迅先生好好的静养，所以把陪客人这些事也推到许先生身上来了。还有书、报、信，都要许先生看过，必要的就告诉鲁迅先生，不十分必要的，就先把它放在一处放一放，等鲁迅先生好些了再取出来交给他。然而这家庭里边还有许多琐事，比方年老的娘姨病了，要请两天假；海婴的牙齿脱掉一个要到牙医那里去看过，但是带他去的人没有，又得许先生。海婴在幼稚园里读书，又是买铅笔，买皮球，还有临时出些个花头，跑上楼来了，说要吃什么花生糖，什么牛奶糖，他上楼来是一边跑着一边喊着，许先生连忙拉住了他，拉他下了楼才跟他讲：

"爸爸病啦。"而后拿出钱来，嘱咐好了娘姨，只买几块糖而不准让他格外的多买。

收电灯费的来了，在楼下一打门，许先生就得赶快往楼下跑，怕的是再多打几下，就要惊醒了鲁迅先生。

海婴最喜欢听讲故事，这也是无限的麻烦，许先生除了陪海婴讲故事之外，还要在长桌上偷一点工夫来看鲁迅先生为有病耽搁下来尚未校完的校样。

在这期间，许先生比鲁迅先生更要担当一切了。

鲁迅先生吃饭，是在楼上单开一桌，那仅仅是一个方木桌，许先生每餐亲手端到楼上去，那黑油漆的方木盘中摆着三四样小菜，每样都用小吃碟盛着，那小吃碟直径不过二寸，一碟豌豆苗或菠菜或苋菜，把黄花鱼或者鸡之类也放在小碟里端上楼去。若是鸡，那鸡也是全鸡身上最好的一块地方拣下来的肉；若是鱼，也是鱼身上最好一部分，许先生才把它拣下放在小碟里。

许先生用筷子来回的翻着楼下的饭桌上菜碗里的东西，菜拣嫩的，不要茎，只要叶，鱼肉之类，拣烧得软的，没有骨头没有刺的。

心里存着无限的期望，无限的要求，用了比祈祷更虔诚的目光,许先生看着她自己手里选得精精致致的菜盘子,而后脚板触了楼梯上了楼。

希望鲁迅先生多吃一口,多动一动筷,多喝一口鸡汤。鸡汤和牛奶是医生所嘱的,一定要多吃一些的。

把饭送上去,有时许先生陪在旁边,有时走下楼来又做些别的事,半个钟头之后,到楼上去取这盘子。这盘子装得满满的,有时竟照原样一动也没有动又端下来了,这时候许先生的眉头微微的皱了一点。旁边若有什么朋友,许先生就说:"周先生的热度高,什么也吃不落,连茶也不愿意吃,人很苦,人很吃力。"

有一天许先生用波浪式的专门切面包的刀切着一个面包,是在客厅后边方桌上切的,许先生一边切着一边对我说:

"劝周先生多吃东西,周先生说,人好了再保养,现在勉强吃也是没有用的。"

许先生接着似乎问着我:

"这也是对的?"

而后把牛奶面包送上楼去了。一碗烧好的鸡汤,从方盘里许先生把它端出来了,就摆在客厅后的方桌上。许先生上楼去了,那碗热的鸡汤在方桌上自己悠然的冒着热气。

许先生由楼上回来还说呢:

"周先生平常就不喜欢吃汤之类,在病里,更勉强不下了。"

许先生似乎安慰着自己似的。

"周先生人强,喜欢吃硬的,油炸的,就是吃饭也喜欢吃硬饭……"

许先生楼上楼下的跑，呼吸有些不平静，坐在她旁边，似乎可以听到她心脏的跳动。

鲁迅先生开始独桌吃饭以后，客人多半不上楼来了，经许先生婉言把鲁迅先生健康的经过报告了之后就走了。

鲁迅先生在楼上一天一天的睡下去，睡了许多日子就有些寂寞了，有时大概热度低了点就问许先生：

"什么人来过吗？"

看鲁迅先生好些，就一一的报告过。

有时也问到有什么刊物来吗？

鲁迅先生病了一个多月了。

证明了鲁迅先生是肺病，并且是肋膜炎，须藤老医生每天来了，为鲁迅先生把肋膜化腐的东西用打针的方法抽净，每天抽一次，共抽了一两个礼拜。

这样的病，为什么鲁迅先生一点也不晓得呢？许先生说，周先生有时觉得肋痛了就自己忍着不说，所以连许先生也不知道，鲁迅先生怕别人晓得了又要不放心，又要看医生，医生一定又要说休息。鲁迅先生自己知道做不到的。

福民医院美国医生的检查，说鲁迅先生肺病已经二十年了。这次发了怕是很严重。

医生规定个日子，请鲁迅先生到福民医院去详细检查，要照X光的。

但鲁迅先生当时就下楼是下不得的，又过了许多天，鲁迅先生到福民医院去查病去了。照X光后给鲁迅先生照了一个全部的肺部的照片。

这照片取来的那天许先生在楼下给大家看了,右肺的上尖是黑的,中部也黑了一块,左肺的下半部都不大好,而沿着左肺的边边黑了一大圈。

这之后,鲁迅先生的热度仍高,若再这样热度不退,就很难抵抗了。

那查病的美国医生,只查病,而不给药吃,他相信药是没有用的。

须藤老医生,鲁迅先生早就认识,所以每天来,他给鲁迅先生吃了些退热药,还吃停止肺病菌活动的药。他说若肺不再坏下去,就停止在这里,热自然就退了,人是不危险的。

在楼下的客厅里许先生哭了。许先生手里拿着一团毛线,那是海婴的毛线衣拆了洗过之后又团起来的。

鲁迅先生在无欲望状态中,什么也不吃,什么也不想,睡觉似睡非睡的。

天气热起来了,客厅的门窗都打开着,阳光跳跃在门外的花园里。麻雀来了停在夹竹桃上叫了三两声就飞去,院子里的小孩们唧唧喳喳的玩耍着,风吹进来好像带着热气,扑到人的身上,天气刚刚发芽的春天,变为夏天了。

楼上老医生和鲁迅先生谈话的声音隐约可以听到。

楼下又来客人,来的人总要问:

"周先生好一点吗?"

许先生照常说:"还是那样子。"

但今天说了眼泪又流了满脸。一边拿起杯子来给客人倒茶,一边用左手拿着手帕按着鼻子。

客人问：

"周先生又不大好吗？"

许先生说：

"没有的，是我心窄。"

过了一会鲁迅先生要找什么东西，喊许先生上楼去，许先生连忙擦着眼睛，想说她不上楼的，但左右的看了一看，没有人能代替了她，于是带着她那团还没有缠完的毛线球上楼去了。

楼上坐着老医生，还有两位探望鲁迅先生的客人。许先生一看了他们就自己低了头不好意思地笑了，她不敢到鲁迅先生的面前去，背转着身问鲁迅先生要什么呢，而后又是慌忙的把线缕挂在手上缠了起来。

一直到送老医生下楼，许先生都是把背向着鲁迅先生而站着的。

每次老医生走，许先生都是替老医生提着皮提包送到前门外的。许先生愉快的、沉静的带着笑容打开铁门闩，很恭敬的把皮包交给老医生，眼看着老医生走了才进来关了门。

这老医生出入在鲁迅先生的家里，连老娘姨对他都是尊敬的，医生从楼上下来时，娘姨若在楼梯的半道，赶快下来躲开，站到楼梯的旁边。有一天老娘姨端着一个杯子上楼，楼上医生和许先生一道下来了，那老娘姨躲闪不灵，急得把杯里的茶都颠出来了。等医生走过去，已经走出了前门，老娘姨还在那里呆呆的望着。

"周先生好了点吧？"

有一天许先生不在家，我问着老娘姨。她说：

"谁晓得，医生天天看过了不声不响的就走了。"

可见老娘姨对医生每天是怀着期望的眼光看着他的。

许先生很镇静，没有紊乱的神色，虽然说那天当着人哭过一次，但该做什么，仍是做什么，毛线该洗的已经洗了，晒的已经晒起，晒干了的随手就把它团起团子。

"海婴的毛线衣，每年拆一次，洗过之后再重打起，人一年一年的长，衣裳一年穿过，一年就小了。"

在楼下陪着熟的客人，一边谈着，一边开始手里动着竹针。

这种事情许先生是偷工就做的，夏天就开始预备着冬天的，冬天就做夏天的。

许先生自己常常说：

"我是无事忙。"

这话很客气，但忙是真的，每一餐饭，都好像没有安静的吃过。海婴一会要这个，要那个；若一有客人，上街临时买菜，下厨房煎炒还不说，就是摆到桌子上来，还要从菜碗里为着客人选好的夹过去。饭后又是吃水果，若吃苹果还要把皮削掉，若吃荸荠看客人削得慢而不好也要削了送给客人吃，那时鲁迅先生还没有生病。

许先生除了打毛线衣之外，还用机器缝衣裳，剪裁了许多件海婴的内衫裤在窗下缝。

因此许先生对自己忽略了，每天上下楼跑着，所穿的衣裳都是旧的，次数洗得太多，纽扣都洗脱了，也磨破了，都是几年前的旧衣裳，春天时许先生穿了一个紫红宁绸袍子，那料子是海婴在婴孩时候别人送给海婴做被子的礼物。做被子，许先生说很可惜，就拣起来做一件袍子。正说着，海婴来了，许先生使眼神，且不要提到，若提到海婴又要麻烦起来了，一要说是他的，他就要要。

许先生冬天穿一双大棉鞋，是她自己做的。一直到二三月早晚冷时还穿着。

有一次我和许先生在小花园里拍一张照片，许先生说她的纽扣掉了，还拉着我站在她前边遮着她。

许先生买东西也总是到便宜的店铺去买，再不然，到减价的地方去买。

处处俭省，把俭省下来的钱，都印了书和印了画。

现在许先生在窗下缝着衣裳，机器声格答格答的，震着玻璃门有些颤抖。

窗外的黄昏，窗内许先生低着的头，楼上鲁迅先生的咳嗽声，都搅混在一起了，重续着、埋藏着力量。在痛苦中，在悲哀中，一种对于生的强烈的愿望站得和强烈的火焰那样坚定。

许先生的手指把捉了在缝的那张布片，头有时随着机器的力量低沉了一两下。

许先生的面容是宁静的、庄严的、没有恐惧的、她坦荡的在使用着机器。

海婴在玩着一大堆黄色的小药瓶，用一个纸盒子盛着，端起来楼上楼下的跑。向着阳光照是金色的，平放着是咖啡色的，他招聚了小朋友来，他向他们展览，向他们夸耀，这种玩艺只有他有而别人不能有。他说：

"这是爸爸打药针的药瓶，你们有吗？"

别人不能有，于是他拍着手骄傲的呼叫起来。

许先生一边招呼着他，不叫他喊，一边下楼来了。

"周先生好了些？"

见了许先生大家都是这样问的。

"还是那样子，"许先生说，随手抓起一个海婴的药瓶来："这不是么，这许多瓶子，每天打针，药瓶也积了一大堆。"

许先生一拿起那药瓶，海婴上来就要过去，很宝贵的赶快把那小瓶摆到纸盒里。

在长桌上摆着许先生自己亲手做的蒙着茶壶的棉罩子，从那蓝缎子的花罩下拿着茶壶倒着茶。

楼上楼下都是静的了，只有海婴快活的和小朋友们的吵嚷躲在太阳里跳荡。

海婴每晚临睡时必向爸爸妈妈说："明朝会！"

有一天他站在上三楼去的楼梯口上喊着：

"爸爸，明朝会！"

鲁迅先生那时正病的沉重，喉咙里边似乎有痰，那回答的声音很小，海婴没有听到，于是他又喊：

"爸爸，明朝会！"他等一等，听不到回答的声音，他就大声的连串的喊起来：

"爸爸，明朝会，爸爸，明朝会，……爸爸，明朝会……"

他的保姆在前边往楼上拖他，说是爸爸睡下了，不要喊了。可是他怎么能够听呢，仍旧喊。

这时鲁迅先生说"明朝会"，还没有说出来喉咙里边就像有

东西在那里堵塞着,声音无论如何放不大。到后来,鲁迅先生挣扎着把头抬起来才很大声的说出:

"明朝会,明朝会。"

说完了就咳嗽起来。

许先生被惊动得从楼下跑来了,不住的训斥着海婴。

海婴一边哭着一边上楼去了,嘴里唠叨着:

"爸爸是个聋人哪!"

鲁迅先生没有听到海婴的话,还在那里咳嗽着。

鲁迅先生在四月里,曾经好了一点,有一天下楼去赴一个约会,把衣裳穿得整整齐齐,手下夹着黑花布包袱,戴起帽子来,出门就走。

许先生在楼下正陪客人,看鲁迅先生下来了,赶快说:

"走不得吧,还是坐车子去吧。"

鲁迅先生说:"不要紧,走得动的。"

许先生再加以劝说,又去拿零钱给鲁迅先生带着。

鲁迅先生说不要不要,坚决的走了。

"鲁迅先生的脾气很刚强。"

许先生无可奈何的,只说了这一句。

鲁迅先生晚上回来,热度增高了。

鲁迅先生说:

"坐车子实在麻烦,没有几步路,一走就到。还有,好久不出去,愿意走走……动一动就出毛病……还是动不得……"

病压服着鲁迅先生又躺下了。

七月里，鲁迅先生又好些。

药每天吃，记温度的表格照例每天好几次在那里画，老医生还是照常的来，说鲁迅先生就要好起来了。说肺部的菌已经停止了一大半，肋膜也好了。

客人来差不多都要到楼上来拜望拜望，鲁迅先生带着久病初愈的心情，又谈起话来，披了一张毛巾子坐在躺椅上，纸烟又拿在手里了，又谈翻译，又谈某刊物。

一个月没有上楼去，忽然上楼还有些心不安，我一进卧室的门，觉得站也没地方站，坐也不知坐在那里。

许先生让我吃茶，我就依着桌子边站着。好像没有看见那茶杯似的。

鲁迅先生大概看出我的不安来了，便说：

"人瘦了，这样瘦是不成的，要多吃点。"

鲁迅先生又在说玩笑话了。

"多吃就胖了，那么周先生为什么不多吃点？"

鲁迅先生听了这话就笑了，笑声是明朗的。

从七月以后鲁迅先生一天天的好起来了，牛奶，鸡汤之类，为了医生所嘱也隔三差五的吃着，人虽是瘦了，但精神是好的。

鲁迅先生说自己体质的本质是好的，若差一点的，就让病打倒了。

这一次鲁迅先生保持了很长时间，没有下楼更没有到外边去过。

在病中，鲁迅先生不看报，不看书，只是安静的躺着。但有一张小画是鲁迅先生放在床边上不断看着的。

那张画，鲁迅先生未生病时，和许多画一道拿给大家看过的，小得和纸烟包里抽出来的那画片差不多。那上边画着一个穿大长裙子飞散着头发的女人在大风里边跑，在她旁边的地面上还有小小的红玫瑰的花朵。

记得是一张苏联某画家着色的木刻。

鲁迅先生有很多画，为什么只选了这张放在枕边。

许先生告诉我的，她也不知道鲁迅先生为什么常常看这小画。

有人来问他这样那样的，他说：

"你们自己学着做，若没有我呢！"

这一次鲁迅先生好了。

还有一样不同的，觉得做事要多做……

鲁迅先生以为自己好了，别人也以为鲁迅先生好了。

准备冬天要庆祝鲁迅先生工作三十年。

又过了三个月。

一九三六年十月十七日，鲁迅先生病又发了，又是气喘。

十七日，一夜未眠。

十八日，终日喘着。

十九日夜，的下半夜，人衰弱到极点了。天将发白时，鲁迅先生就像他平日一样，工作完了，他休息了。

1939年10月

［1940年7月妇女生活社（重庆）初版］